START!!

CHICKEN FRIENDS

奧樂雞
是一隻雞

目錄

奧樂雞

奧樂雞（學名：Ology）

禽類，兒時善言談，直到媽媽離開後，漸漸變得沉默寡言。
做什麼事都可愛，非正統雞型態因此外型常被別人取笑，
一生都在尋求真正的自我，
相信了解身分的真相後，媽媽就會回到身邊。

知己

尖頭人

尖頭（英文名：Gentle）

奧樂雞的知己，共同生活在一起，
以捉弄奧樂雞為樂。

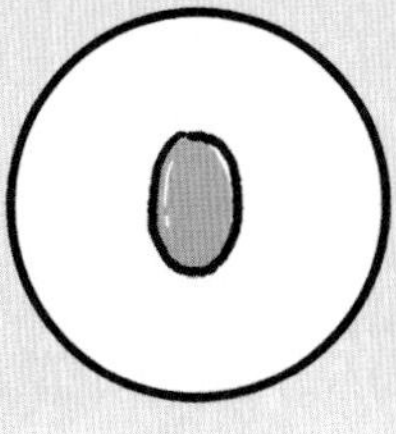

奧樂雞媽
奧樂雞對媽媽唯一的印象，
就是媽媽離開前留下的黃金蛋

奧樂雞爸
會以現實的生活態度，處處提點奧樂雞。

雞娜（Gina）
奧樂雞之友
憨雞與啾雞喜歡的對象，
只喜歡奧樂雞。

憨雞（Hanji）
奧樂雞之友
會與奧樂雞一起耍笨。

啾雞（George）
奧樂雞之友
思考極為負面。

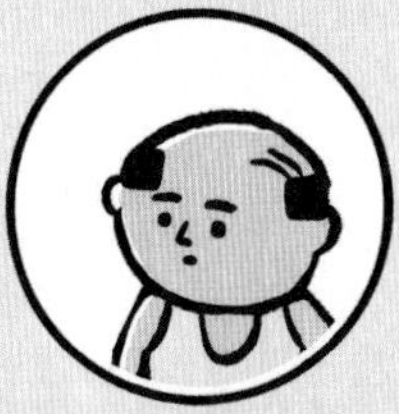

禿頭
飾演所有路人角色。

特別客串－麥扣桑
麥扣桑因為不小心讓鄉下阿嬤受傷，
必須偷黃金蛋去變賣，才能拯救阿嬤，
因此會假扮各行各業來接近奧樂雞。
更多麥扣桑的原生故事，請參考掰掰啾啾 IG 線上漫畫。

PART 1 奧樂雞真的是一隻雞

真的是雞

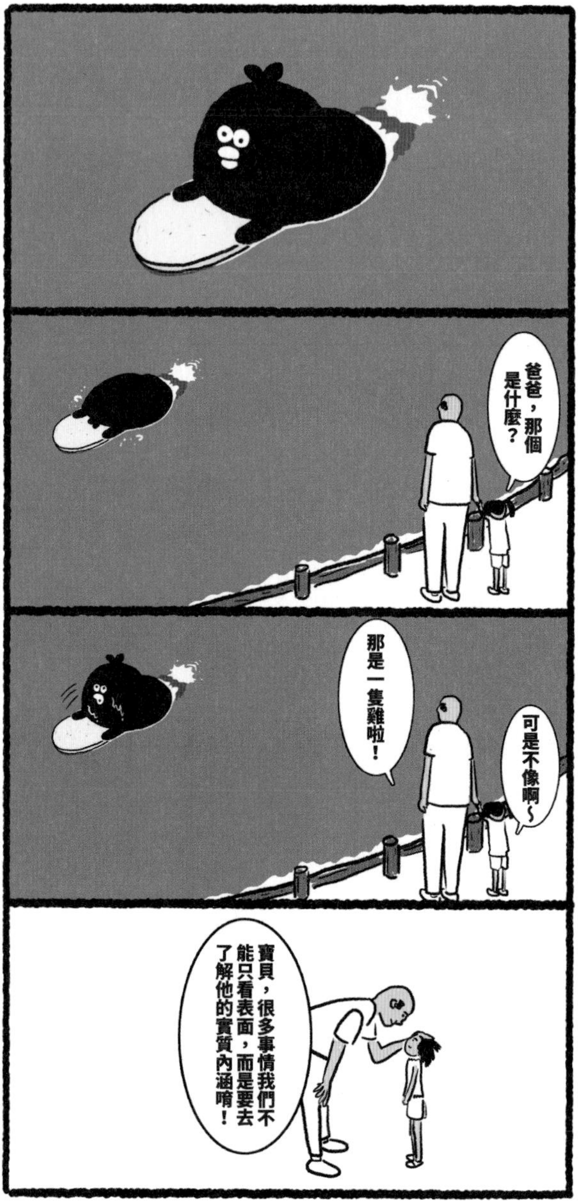
爸爸，那個是什麼？
那是一隻雞啦！
可是不像啊～
寶貝，很多事情我們不能只看表面，而是要去了解他的實質內涵唷！

黃金蛋

小寶貝～你媽媽當初離開後，只留下這顆黃金蛋，你千萬要好好保護它。
要記得，你越是照顧它讓它待在好的環境，它會反饋在你身上，為你帶來好運！

媽媽在哪裡

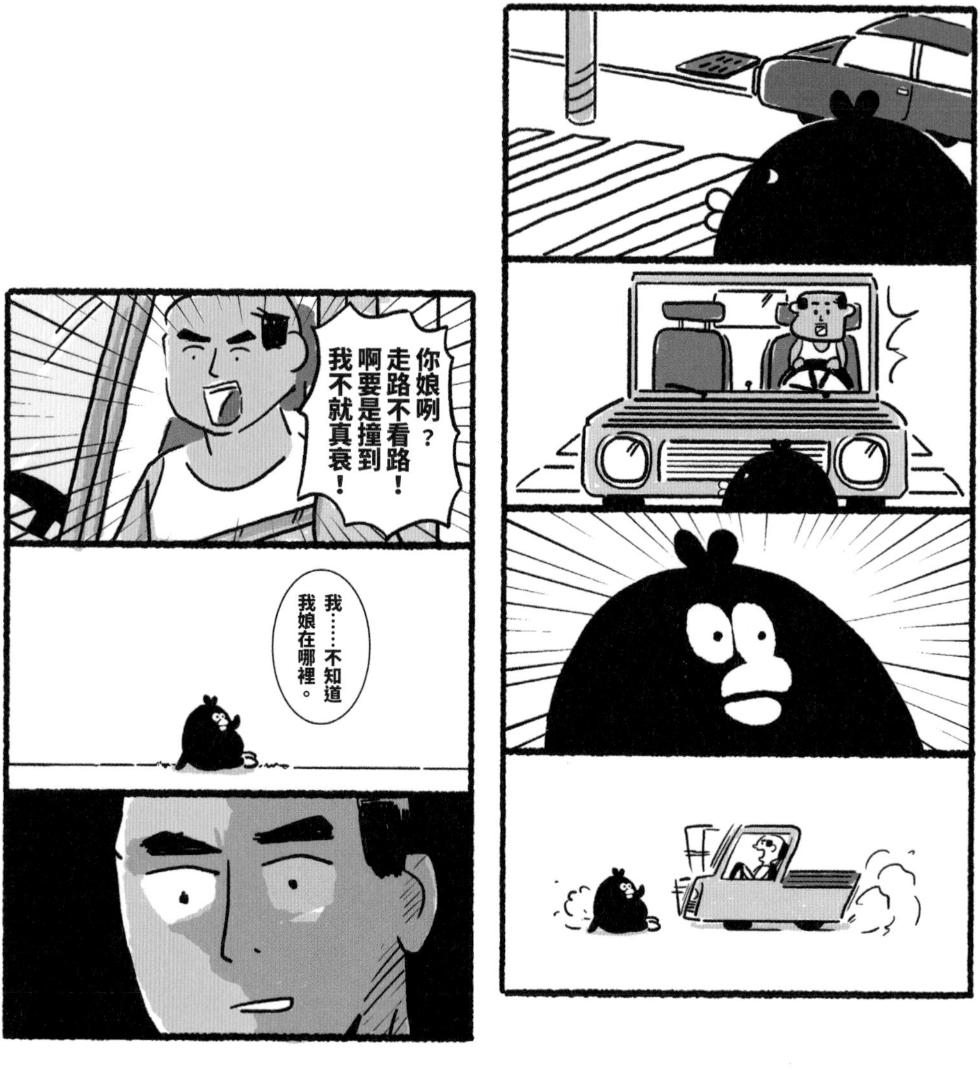
你娘咧？
走路不看路！
啊要是撞到
我不就真衰！
我……不知道
我娘在哪裡。

模仿遊戲(貓頭鷹)

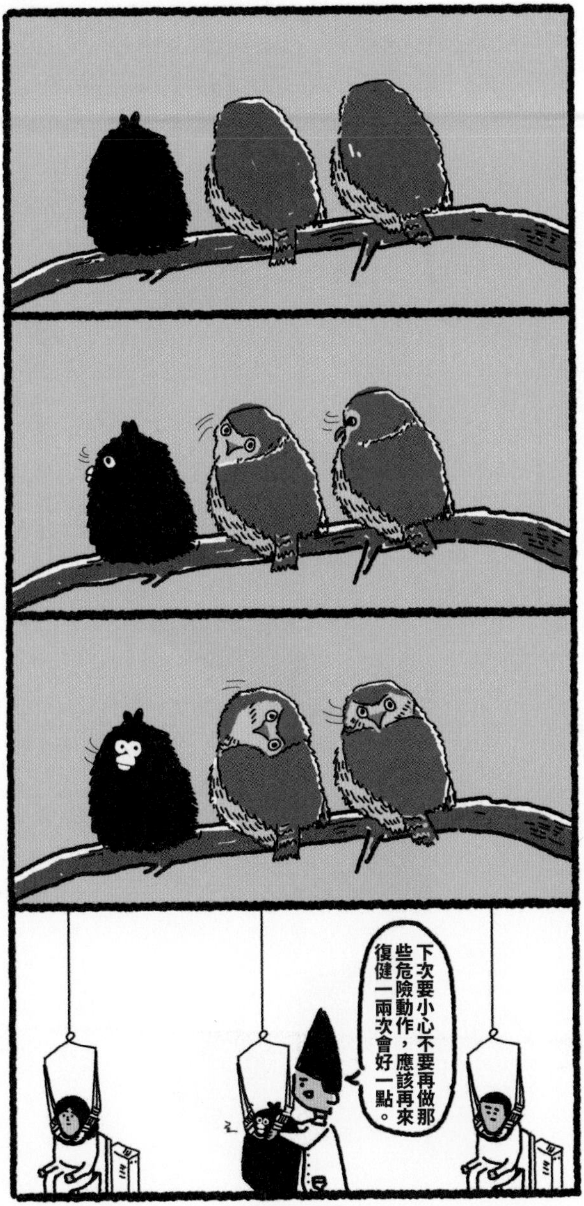
下次要小心不要再做那些危險動作，應該再來復健一兩次會好一點。

Fail(一)

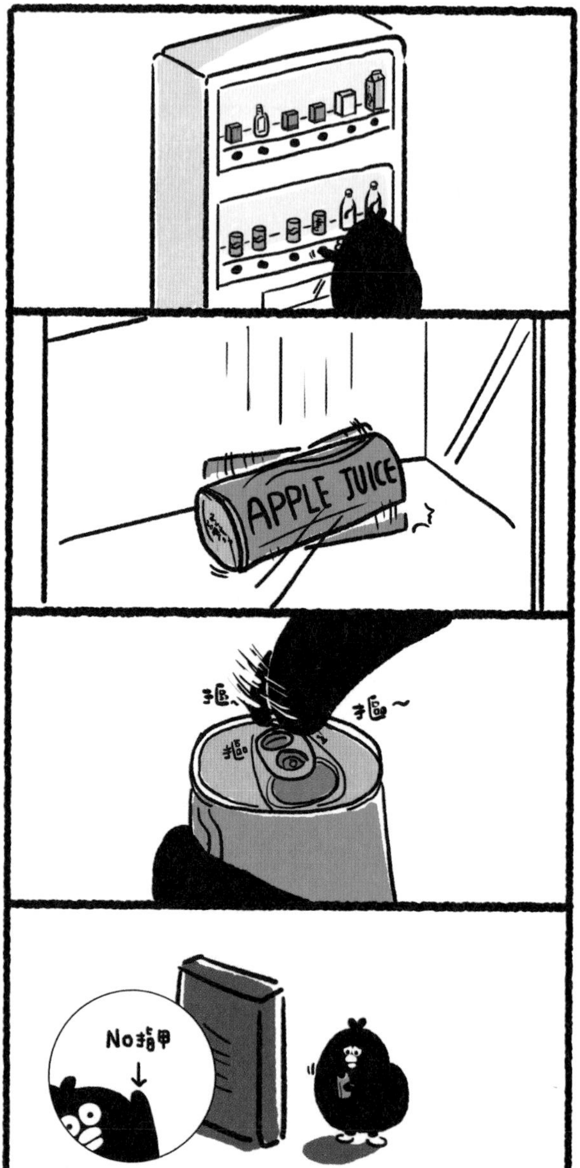

模仿遊戲(鴨)

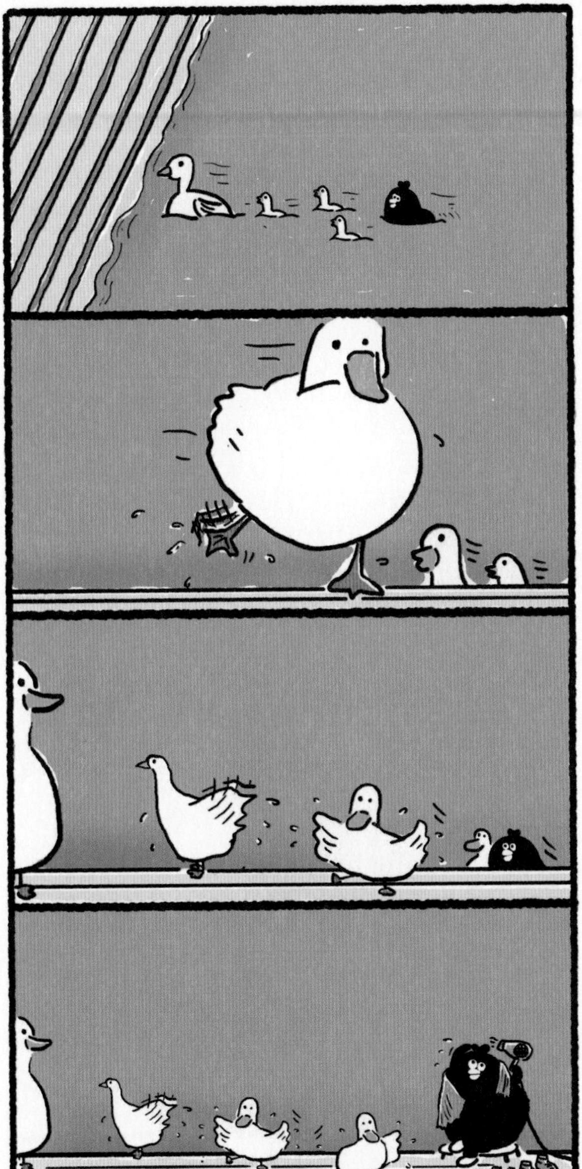

爸爸的哲學(一)

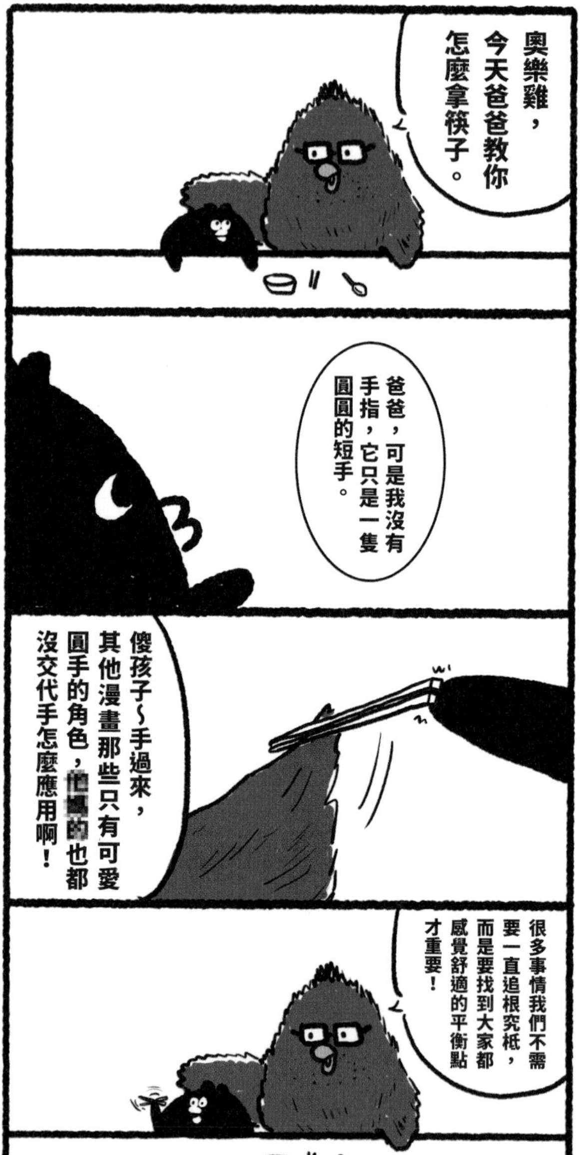
奧樂雞，今天爸爸教你怎麼拿筷子。
爸爸，可是我沒有手指，它只是一隻圓圓的短手。
傻孩子～手過來，其他漫畫那些只有可愛圓手的角色，[redacted]也都沒交代手怎麼應用啊！
很多事情我們不需要一直追根究柢，而是要找到大家都感覺舒適的平衡點才重要！

Fail(二)

模仿遊戲(鳥)

幫倒忙

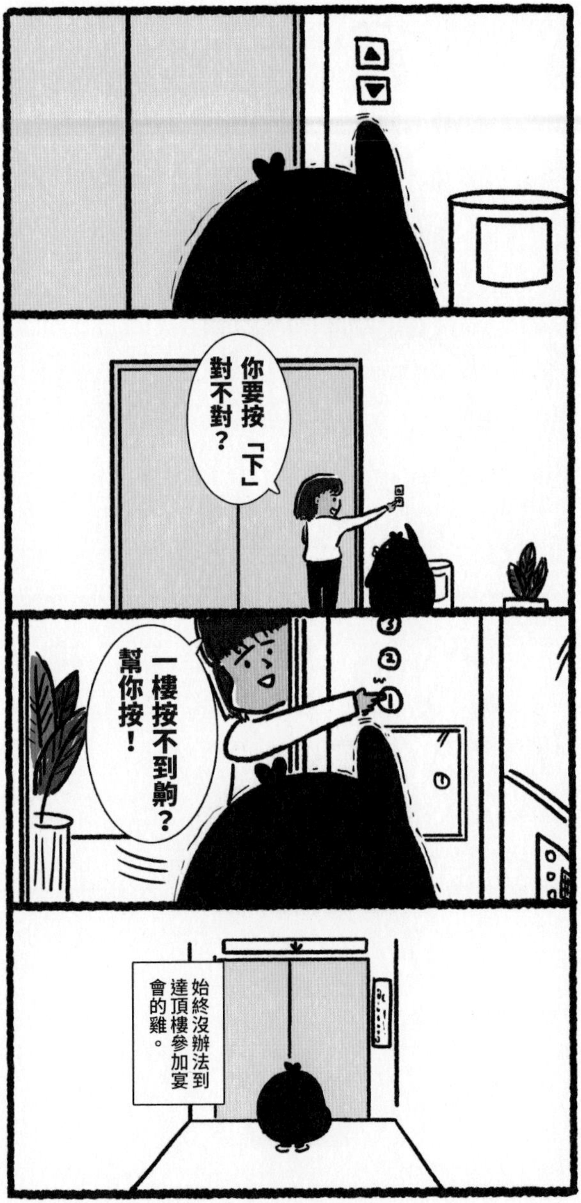
你要按「下」對不對？
一樓按不到齁？幫你按！
始終沒辦法到達頂樓參加宴會的雞。

耳朵(一)

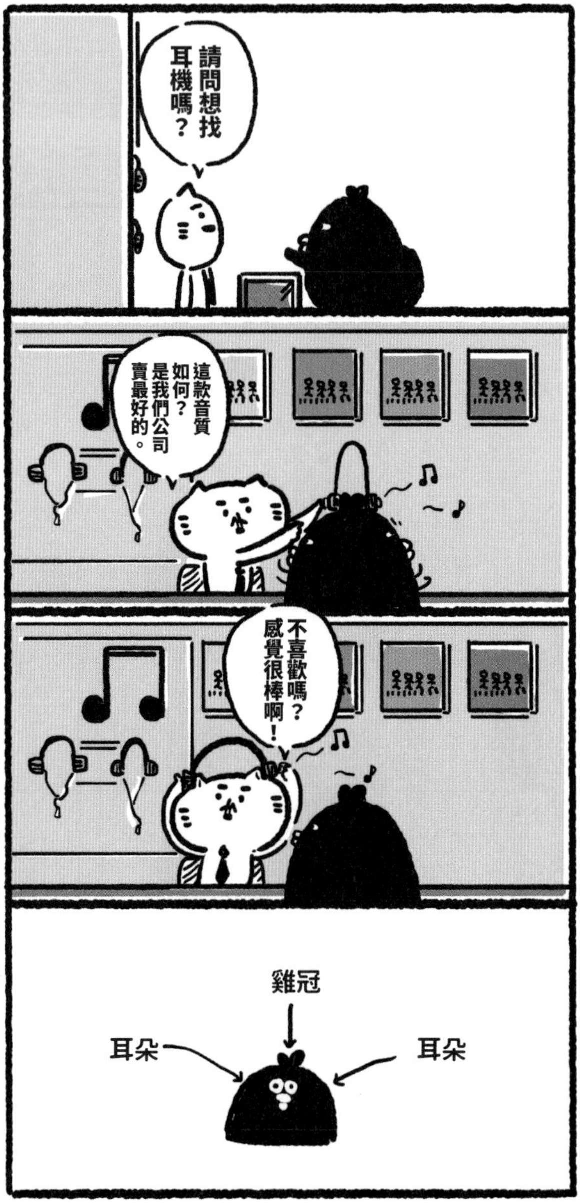

請問想找耳機嗎？
這款音質如何？是我們公司賣最好的。
不喜歡嗎？感覺很棒啊！
雞冠
耳朵
耳朵

常常就這樣躺著，
看起來像在偷懶甚至浪費生命，
不過我堅持，我一定有在做什麼事情。

可愛的我

BREAD
住家外轉角處麵包店的玻璃窗是單向透視玻璃，從外面只能看到自己的模樣。
小黑雞～這個麵包給……怎麼跑了？
我好可愛。

兼差

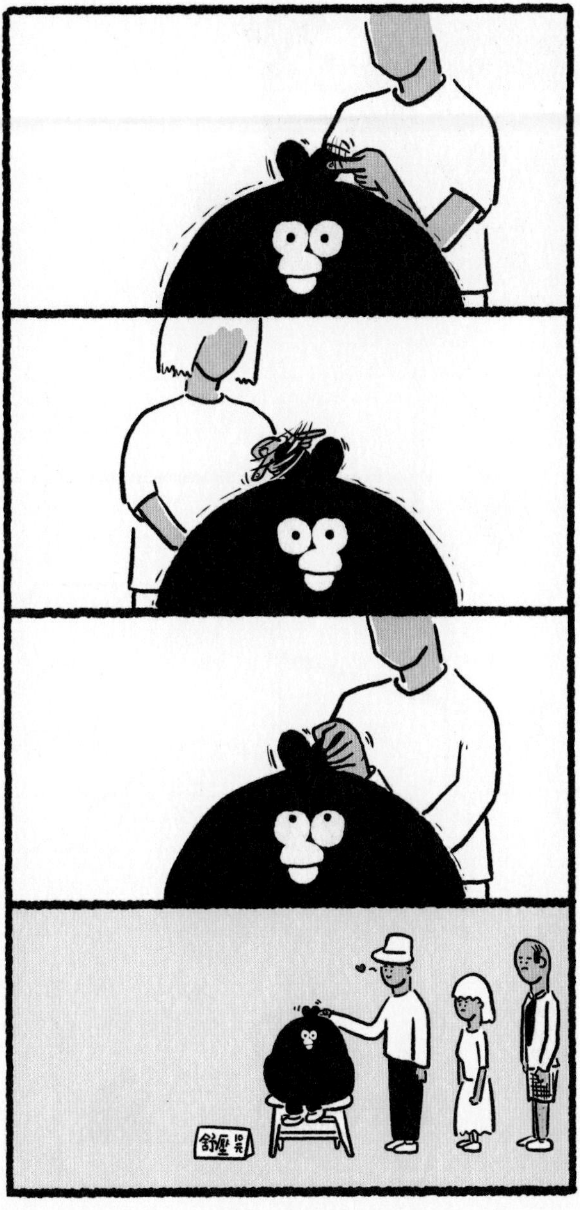

跳高

耳朵(二)

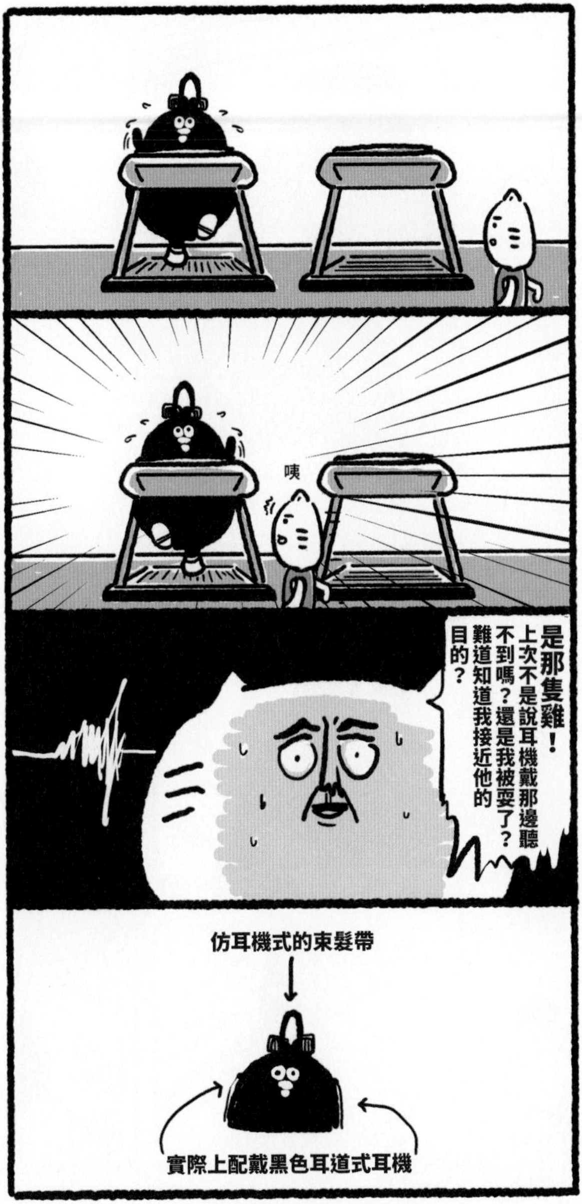
咦
是那隻雞！
上次不是說耳機戴那邊聽不到嗎？還是我被耍了？難道知道我接近他的目的？
仿耳機式的束髮帶
實際上配戴黑色耳道式耳機

暗號

BC
是的～終於來到最後一局了，我們可以看到奧樂雞總教練依舊是非常淡定，並未下達任何戰術。
BC
最後一棒掰啾選手也很沉穩的回望雞桑，這種默契真的是長年累積的……
BC
雞總此時戴上白色手套，發生了什麼事嗎？
原來一直都有在下達手勢指令，但因為身體一團黑而看不到嗎？！

幫助消化

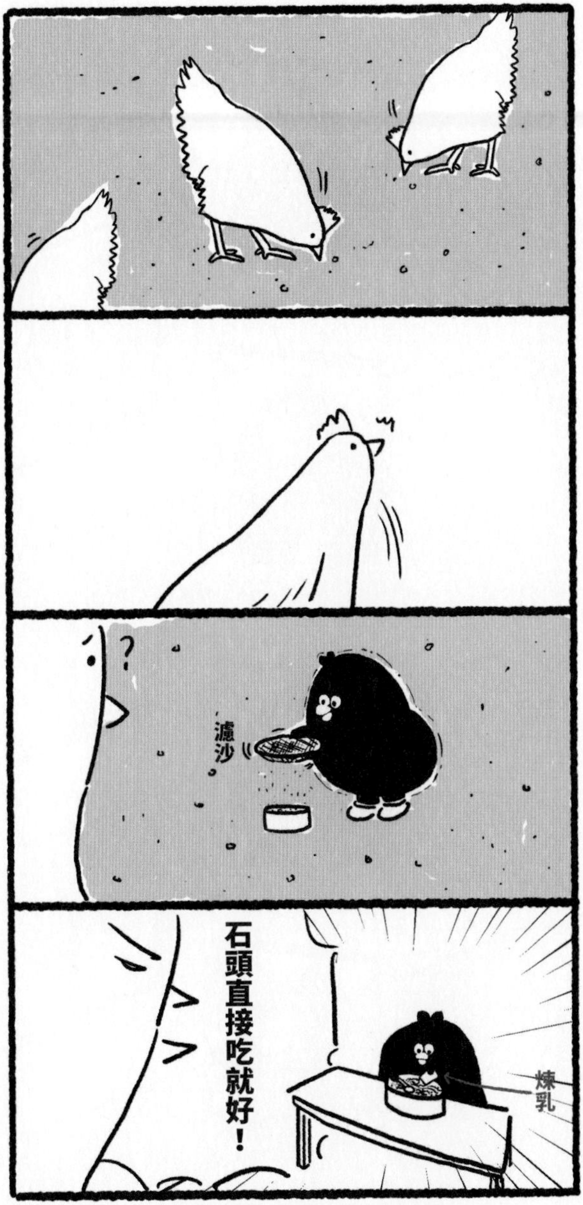
?
濾沙
石頭直接吃就好！
煉乳

★雞沒有牙齒，所以不咀嚼食物。吃下小石頭是為了幫助食物消化。

玻璃

杯子

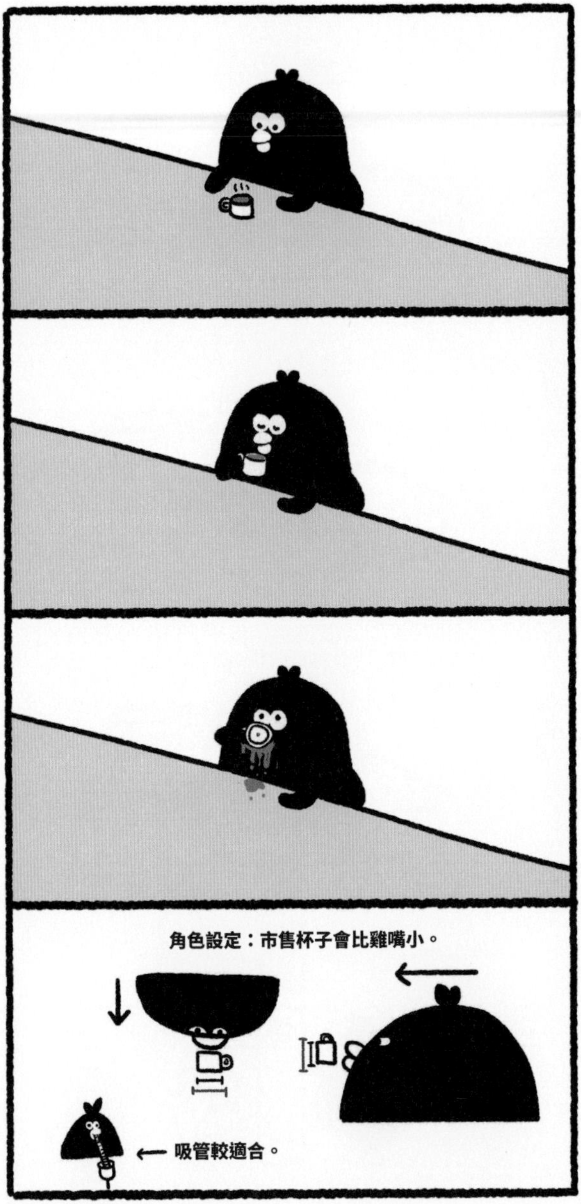
角色設定：市售杯子會比雞嘴小。
吸管較適合。

模仿遊戲（狗）

烏鴉

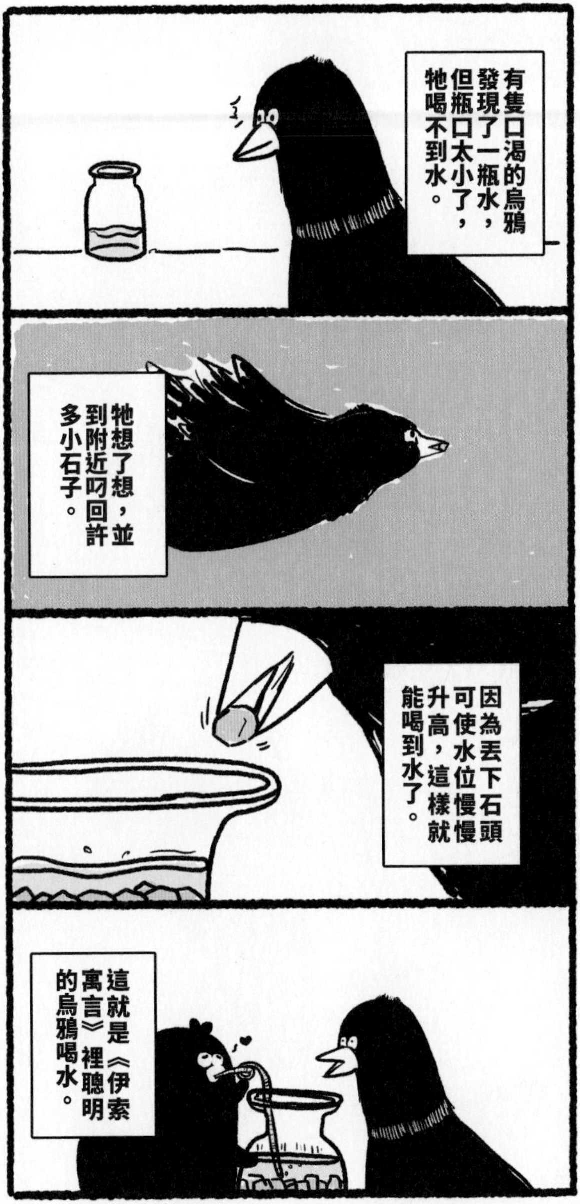
有隻口渴的烏鴉
發現了一瓶水，
但瓶口太小了，
牠喝不到水。
牠想了想，並
到附近叼回許
多小石子。
因為丟下石頭
可使水位慢慢
升高，這樣就
能喝到水了。
這就是《伊索
寓言》裡聰明
的烏鴉喝水。

Fail(三)

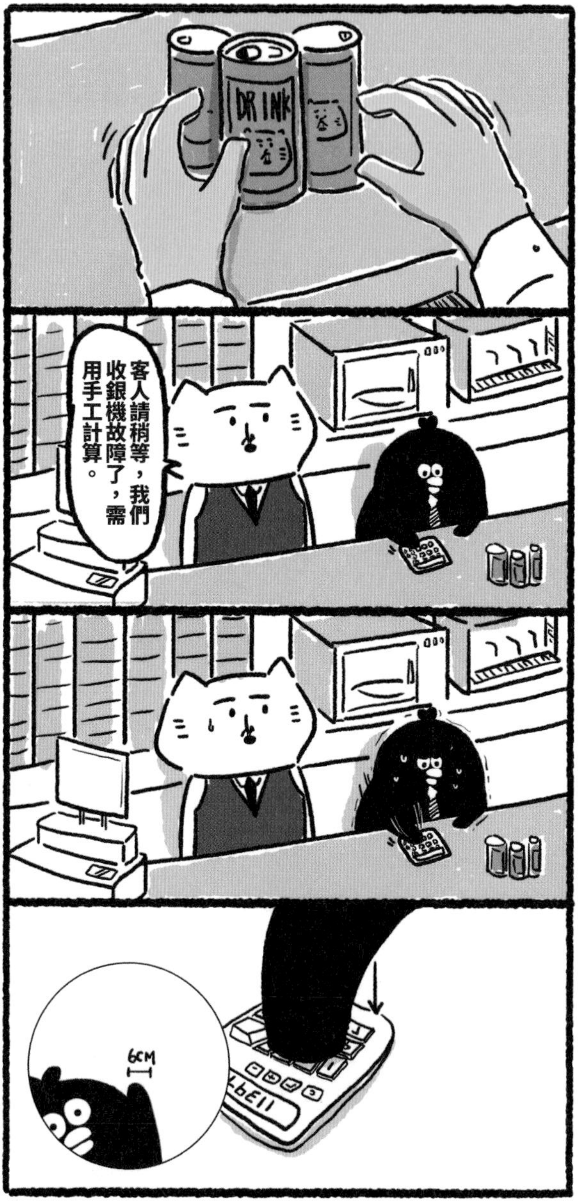
DRINK
客人請稍等，我們收銀機故障了，需用手工計算。
6CM

爛泥

爸爸的哲學(二)

嗚……
搭!
來,給你~你只要多吃一點,就會像爸爸一樣長高,以後再高的東西你都拿得到了。
那要是以後我沒有長高,
爸爸還會在我身邊幫我拿嗎?
傻孩子,你是不會他媽的找梯子嗎?
試著改變並解決問題
而不是一味的負面思考

一分錢一分貨

鬥雞眼

雞的眼睛長在頭的兩側，左、右眼各看各的視野。
一方面便於覓食，另一方面可窺視四周，防止有敵人來襲。
當敵人出現時，雙眼會向前集中，除此之外——
還有嚇阻效果，也就是常說的鬥雞眼。
好可愛！

棒球

保險

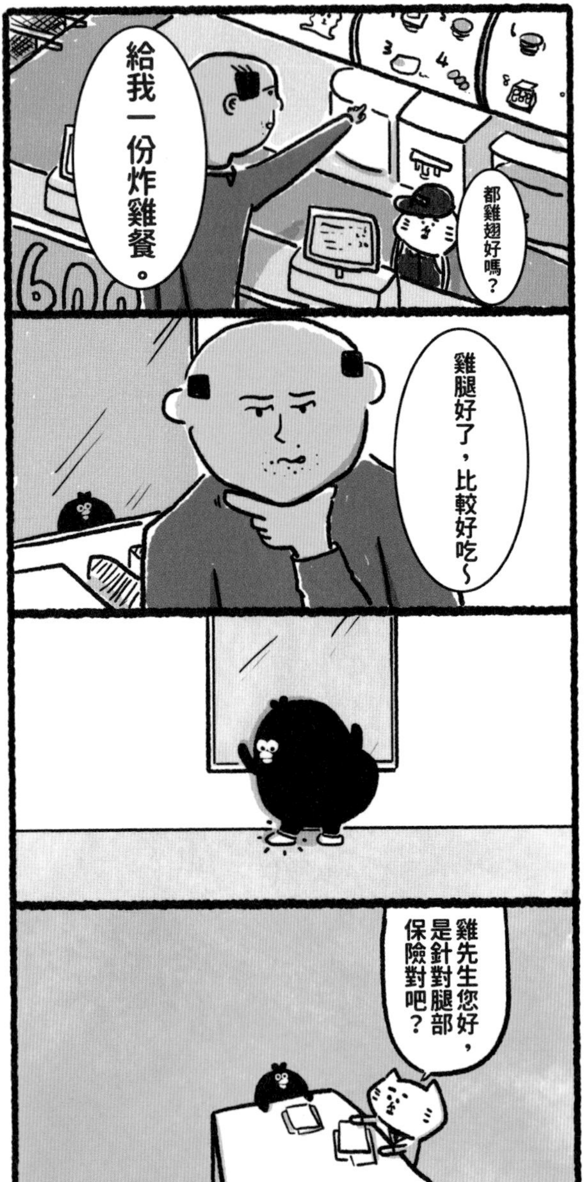
給我一份炸雞餐。
都雞翅好嗎？
雞腿好了，比較好吃~
雞先生您好，是針對腿部保險對吧？

打破第四道牆

我不懂……
為什麼掰啾不創造一個新的角色，跟你組成一個組合咧？
如果搭配狗，用「雞飛狗跳」當團名推出，這樣不就更能加強你是雞的印象嗎？
怎樣！不好笑是不是
你去死啦臭雞死蛞蝓

模仿遊戲（貓）

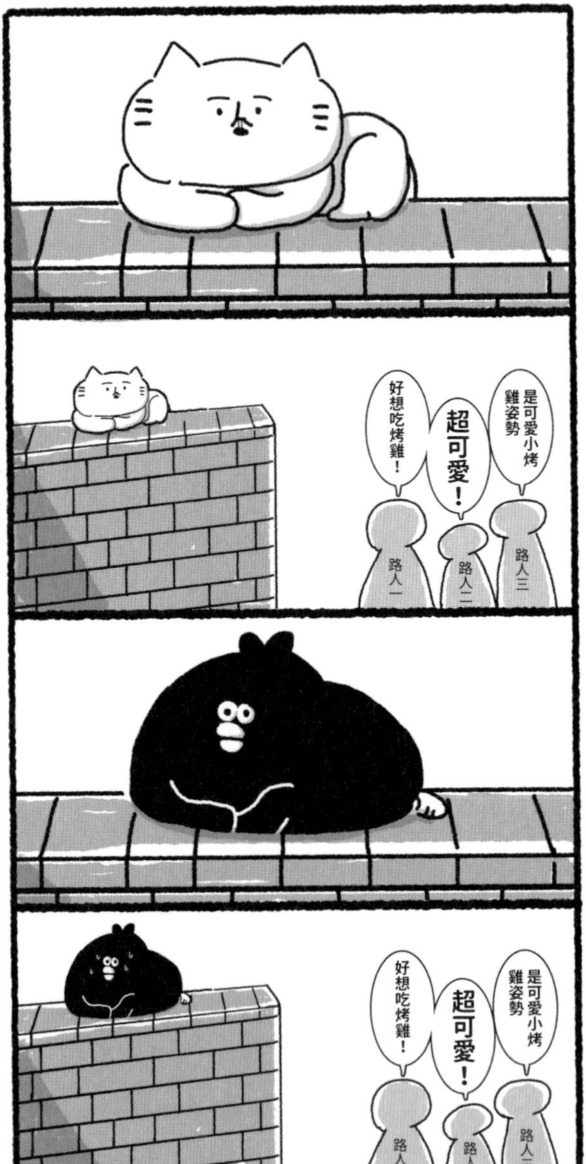
是可愛小烤雞姿勢
超可愛！
好想吃烤雞！
路人三
路人二
路人一
是可愛小烤雞姿勢
超可愛！
好想吃烤雞！
路人三
路人二
路人一

雞語錄

模仿遊戲（啄木鳥）

爸爸的哲學(三)

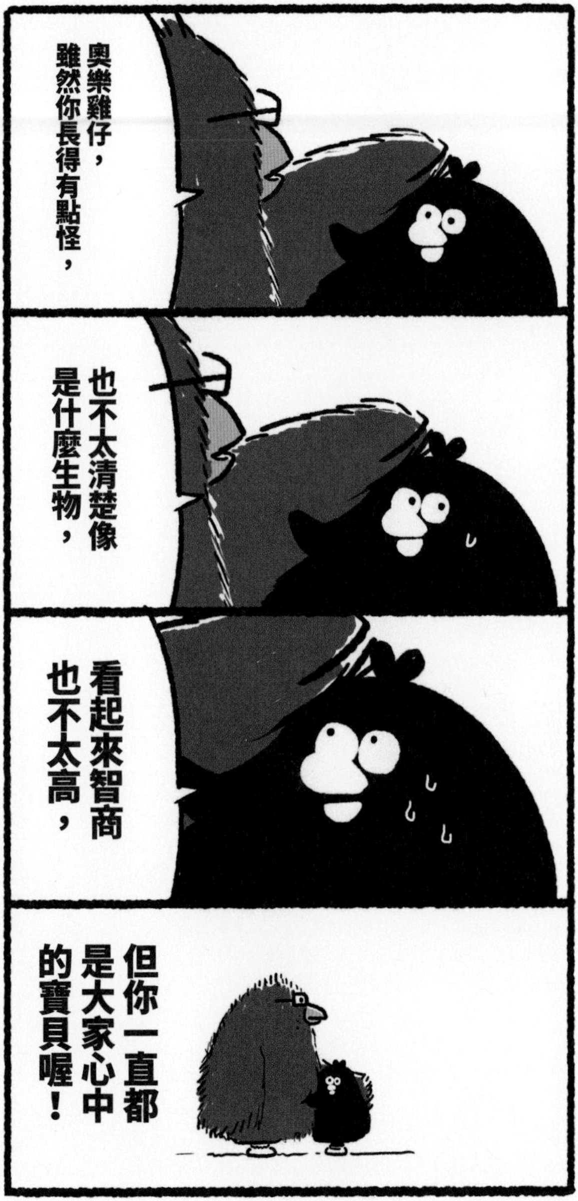

PART 2
守護同胞是我的責任

SURVIVE

護蛋使者(一)

護蛋使者(二)

Fail(四)

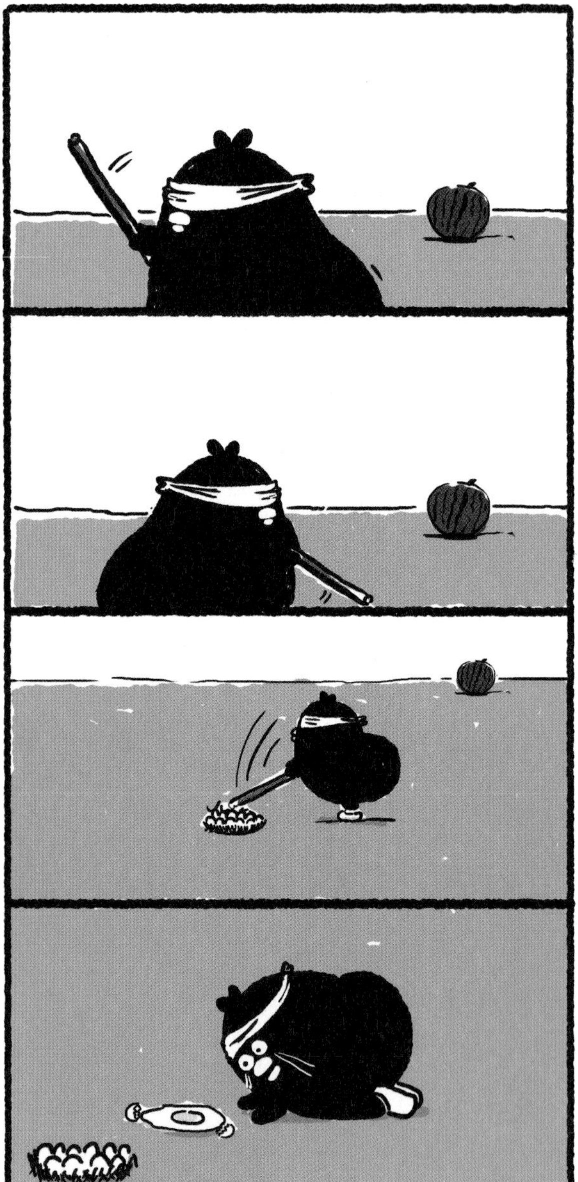

牙敗(やばい)～

護蛋使者（三）

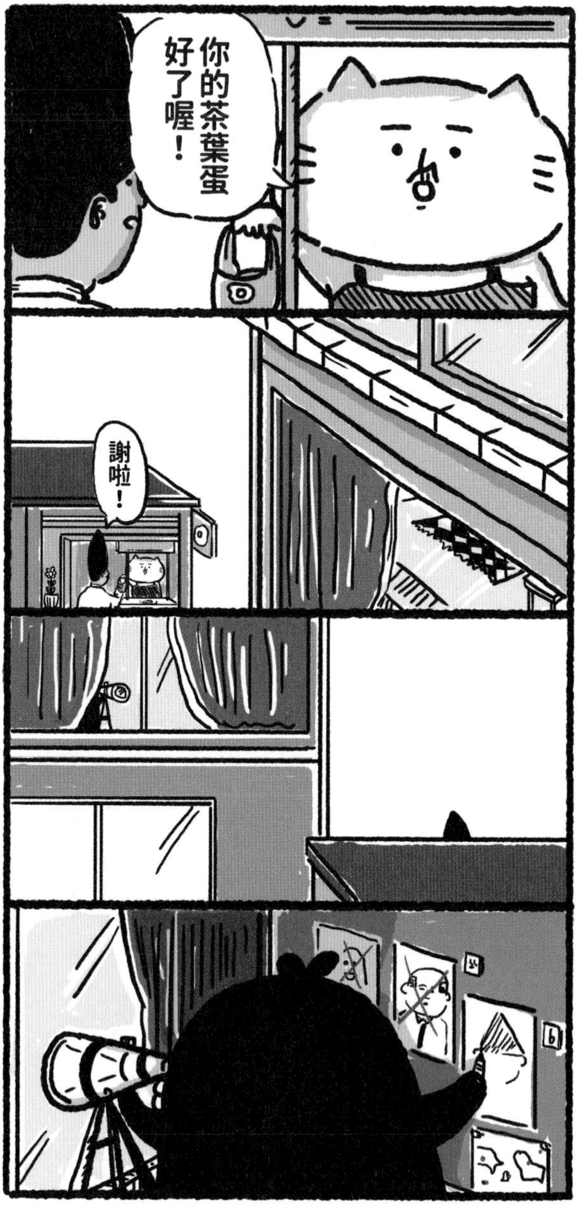

風水測試

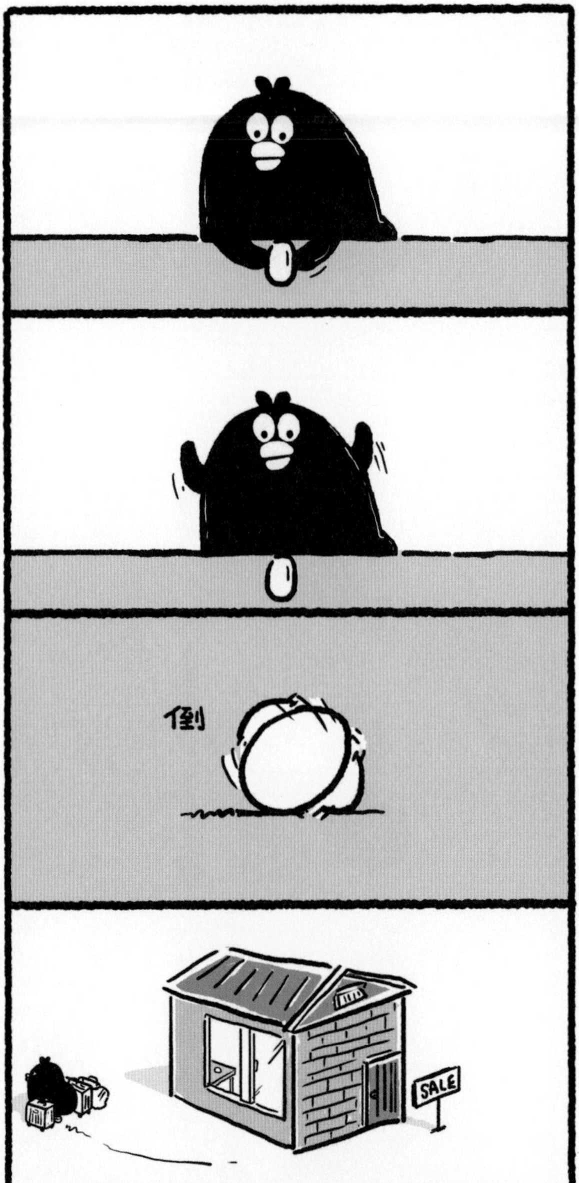

FAIL（五）

你們這些高處不勝寒的臭鳥

FAIL（六）

風水測試（二）

雞肉禁止(一)

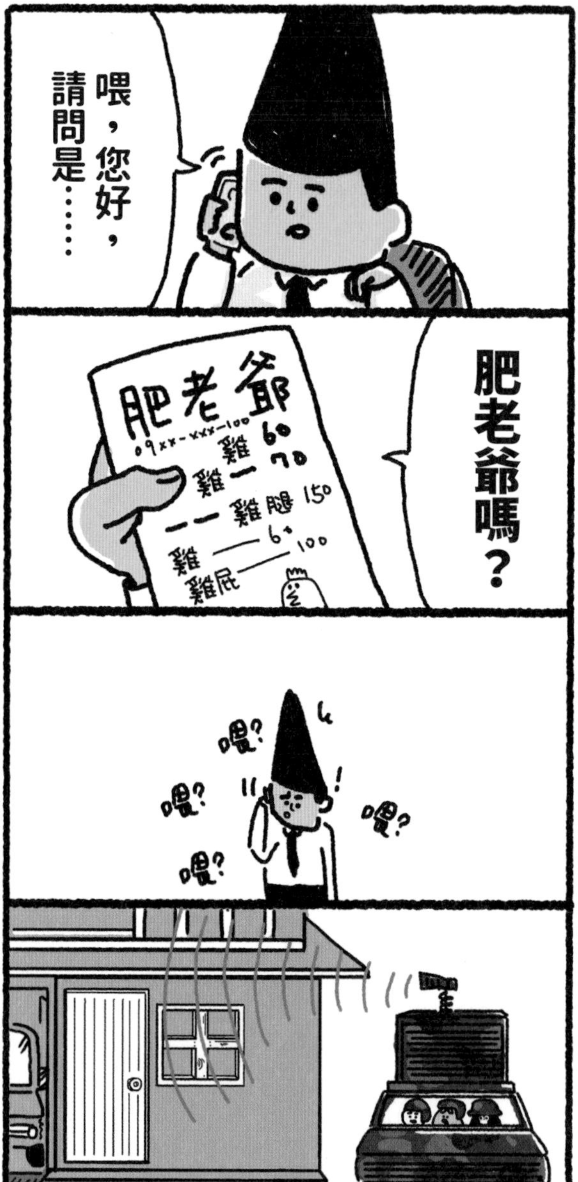
喂，您好，請問是……
肥老爺
雞腿 150
雞屁
肥老爺嗎？
喂?
喂?
喂?
喂?

偵探遊戲(一)

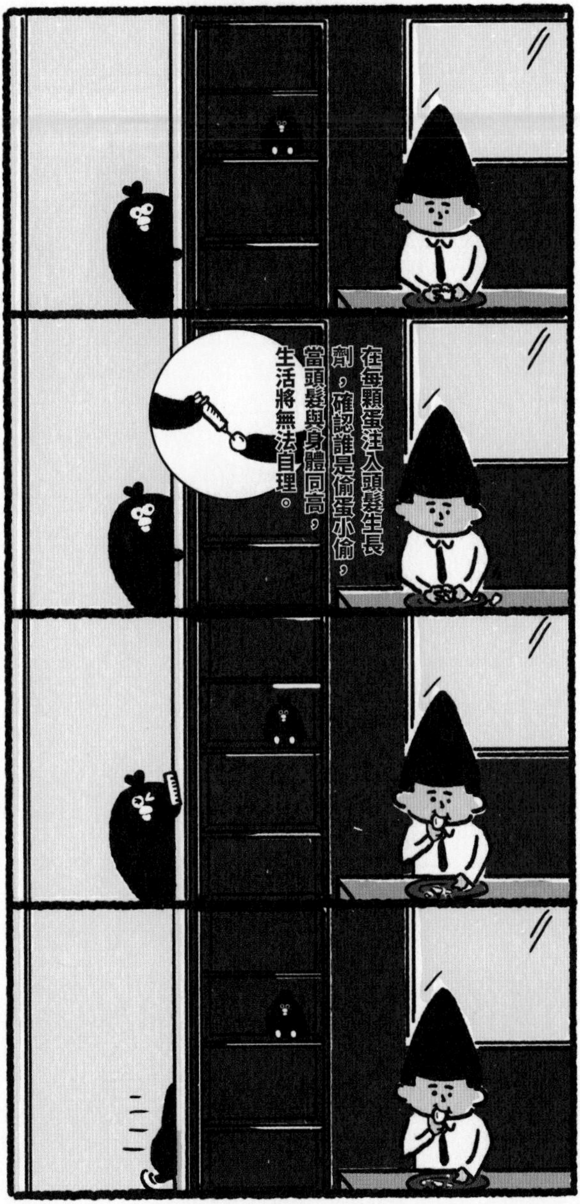
在每顆蛋注入頭髮生長劑，確認誰是偷蛋小偷，
當頭髮與身體同高，
生活將無法自理。

雞蛋快送

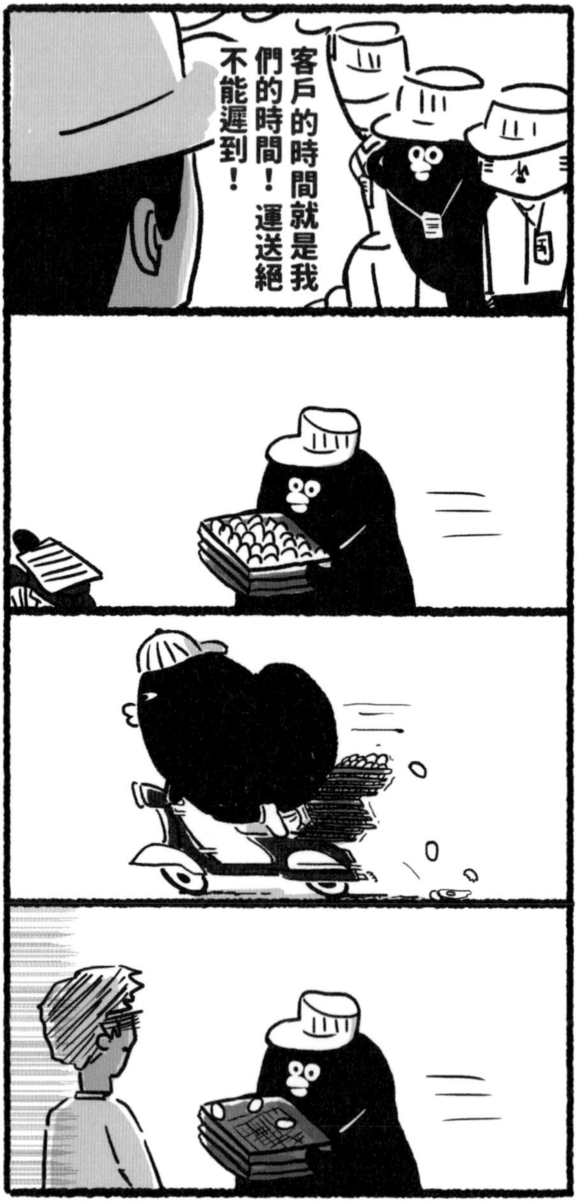
客戶的時間就是我們的時間！運送絕不能遲到！

雞肉禁止(二)

雞肉禁止(三)

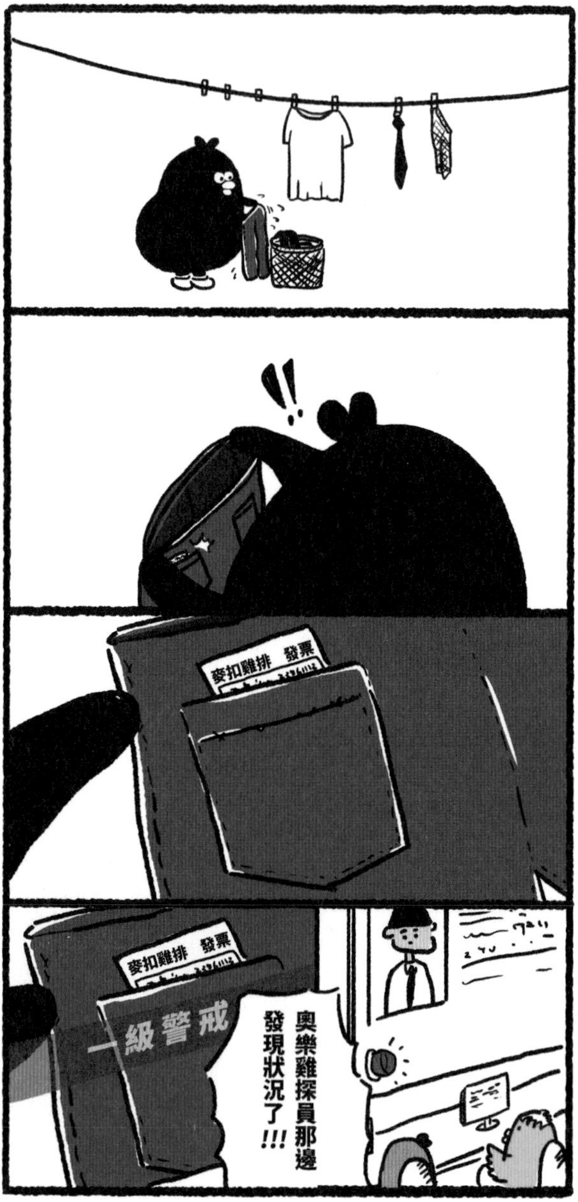
!!
麥扣雞排　發票
麥扣雞排　發票
一級警戒
奧樂雞探員那邊發現狀況了!!!

荷包蛋聯盟！敬禮！

雞肉禁止(四)

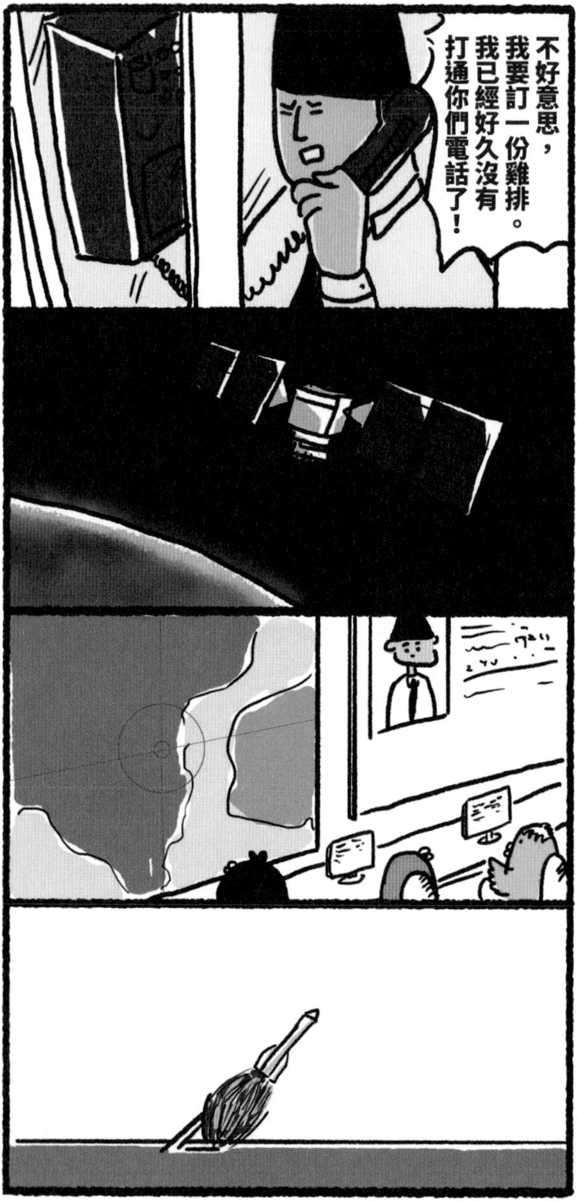
不好意思，我要訂一份雞排。我已經好久沒有打通你們電話了！

決鬥

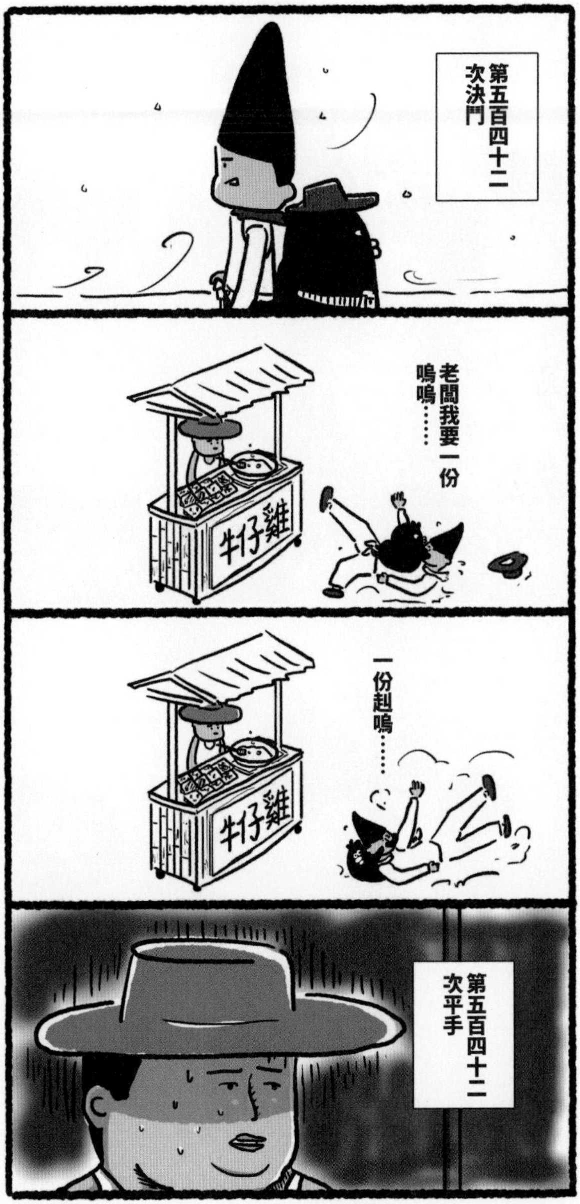

第五百四十二次決鬥
老闆我要一份嗚嗚……
牛仔雞
一份赳嗚……
牛仔雞
第五百四十二次平手

街頭藝雞

完美的翻面

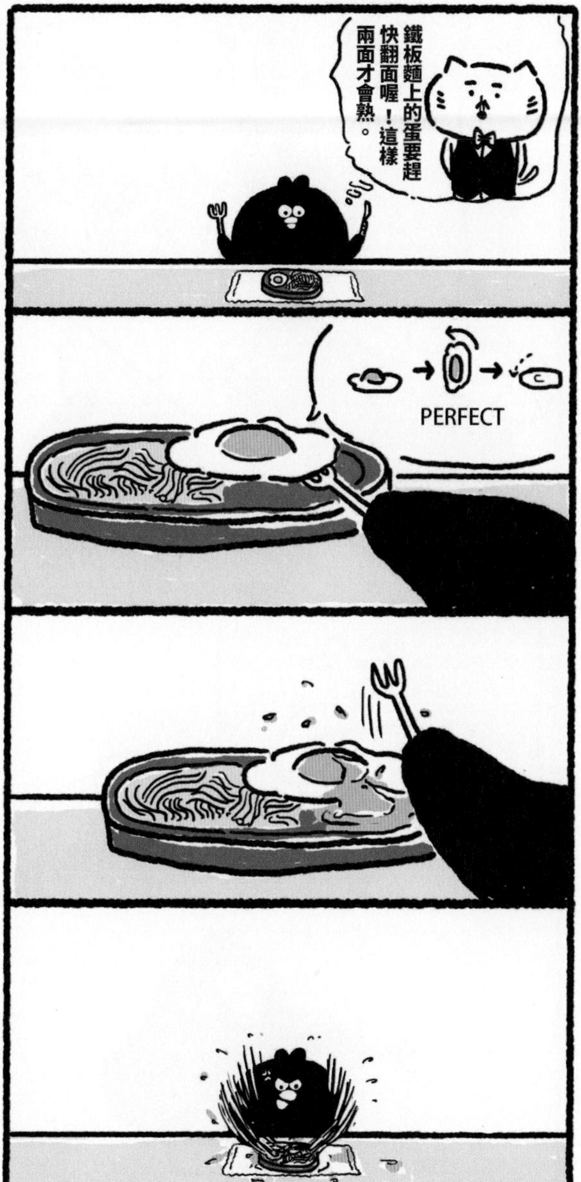
鐵板麵上的蛋要趕快翻面喔！這樣兩面才會熟。
PERFECT

有樣學樣

料理小教室

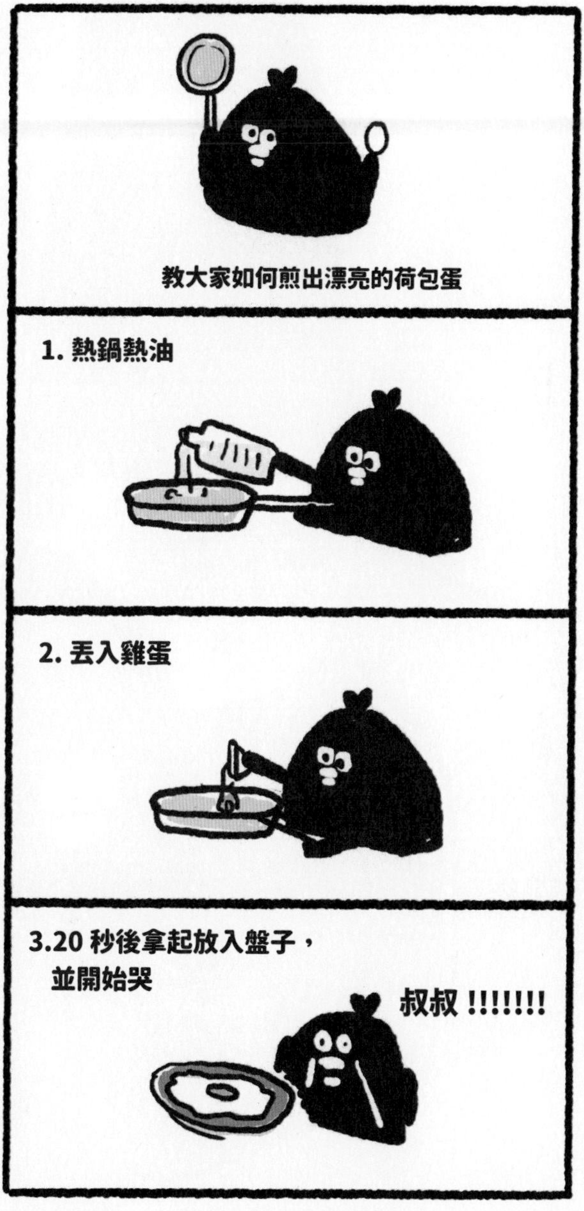
教大家如何煎出漂亮的荷包蛋
1. 熱鍋熱油
2. 丟入雞蛋
3.20 秒後拿起放入盤子，
並開始哭
叔叔 !!!!!!!

PART 3
奧樂雞與尖頭人的同居之樂

惡夢

本體

我是為你好

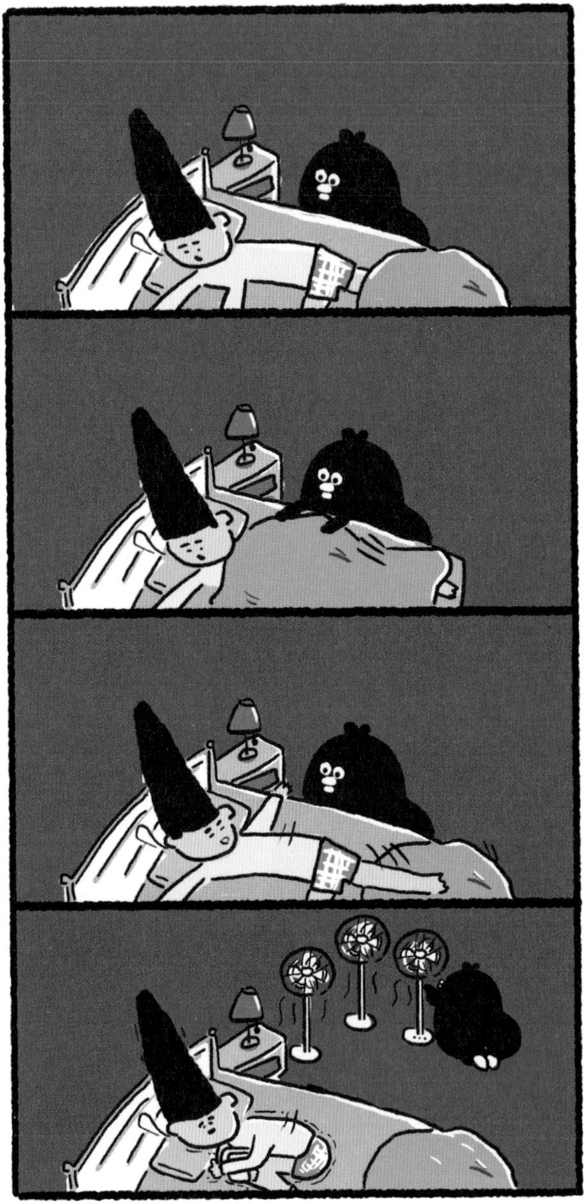

事半功倍

猜拳

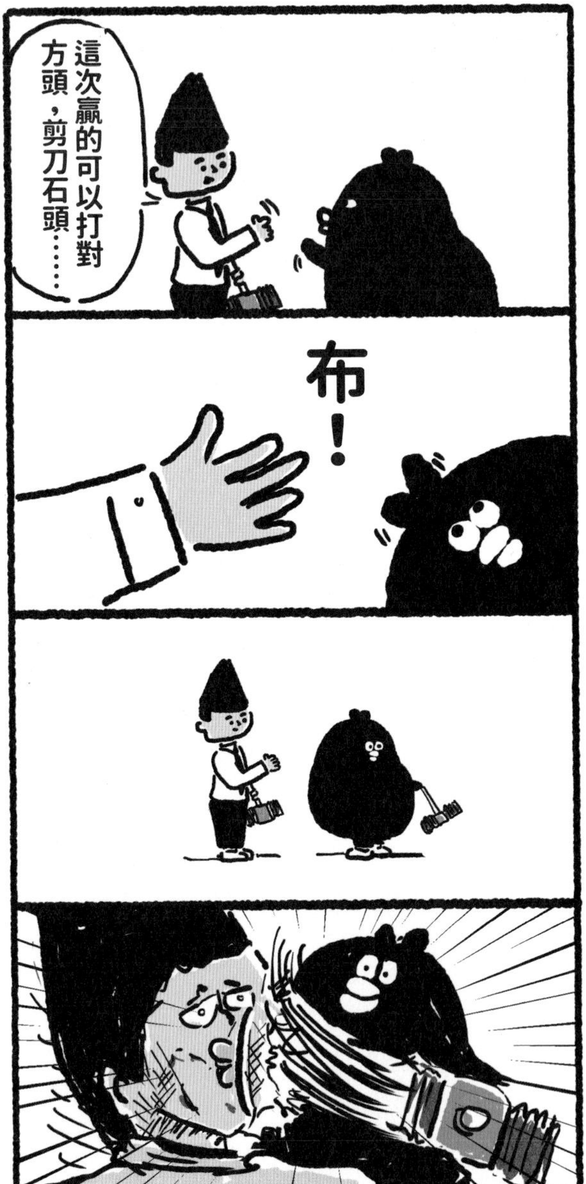
這次贏的可以打對方頭，剪刀石頭……
布！

!

最近怎麼胖這麼多？
小心太胖會被宰來吃喔哈哈哈！
開玩笑的啦！
一年前
走啦，吃宵夜！
奧樂雞我買了宵夜，
一起來吃喔！

失敗的驚喜

雞毛氈

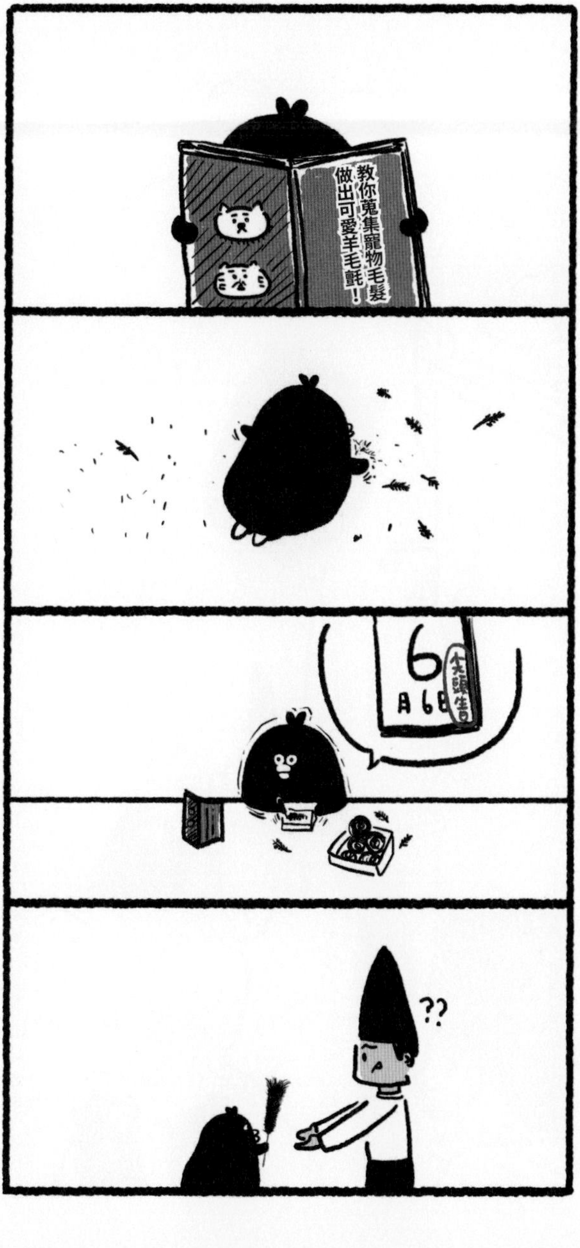
教你蒐集寵物毛髮做出可愛羊毛氈！
6
月6日
??

理解錯誤

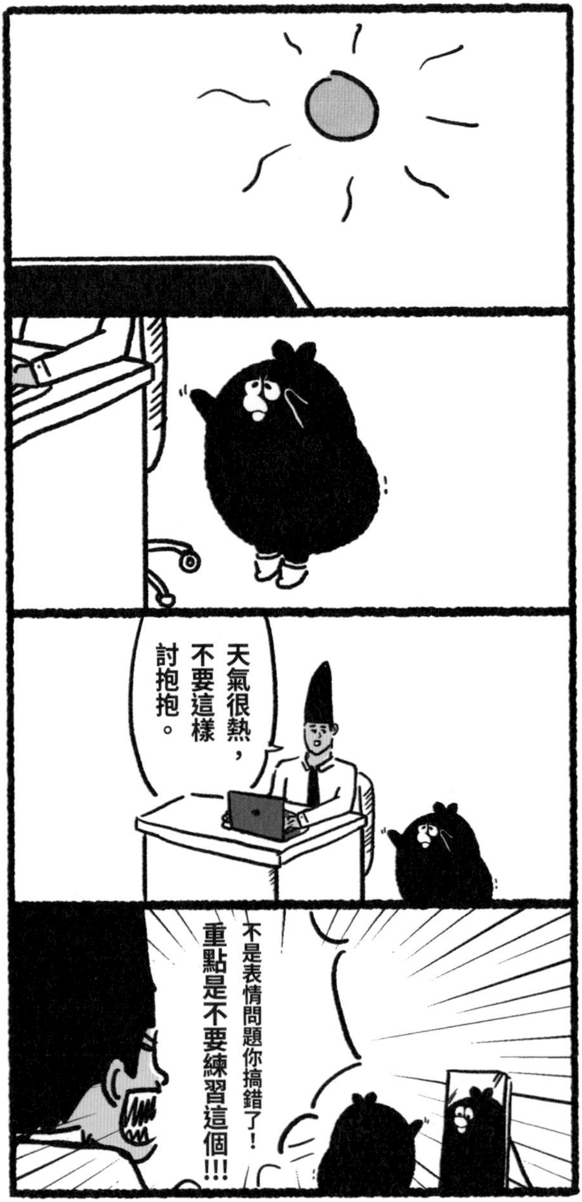
天氣很熱，不要這樣討抱抱。
不是表情問題你搞錯了！
重點是不要練習這個!!!

溫柔

問卦

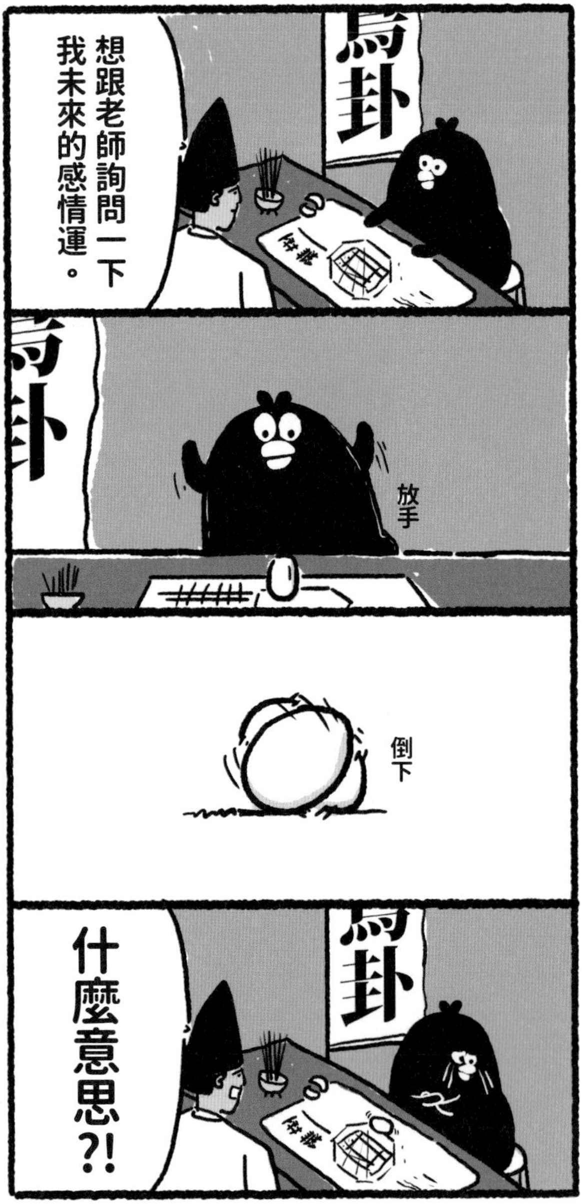
想跟老師詢問一下我未來的感情運。
放手
倒下
什麼意思?!

口罩

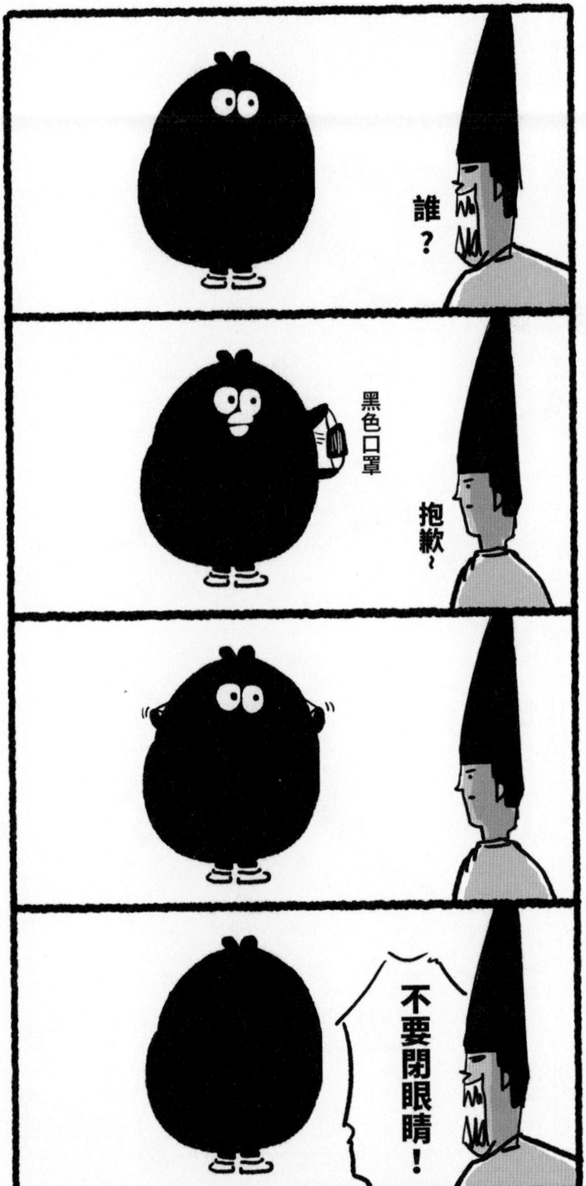
誰？
黑色口罩
抱歉~
不要閉眼睛！

展示箱

培育計畫

拍照技巧

跟你講很多次
拍照要拍全身啦！
切到我頭髮了。
Photo MEMORY
再一次喔！
你構圖要好一點。
Photo MEMORY
Photo MEMORY

今天沒有忘記帶雨傘
但屁股還是淋濕了

聖誕裝飾

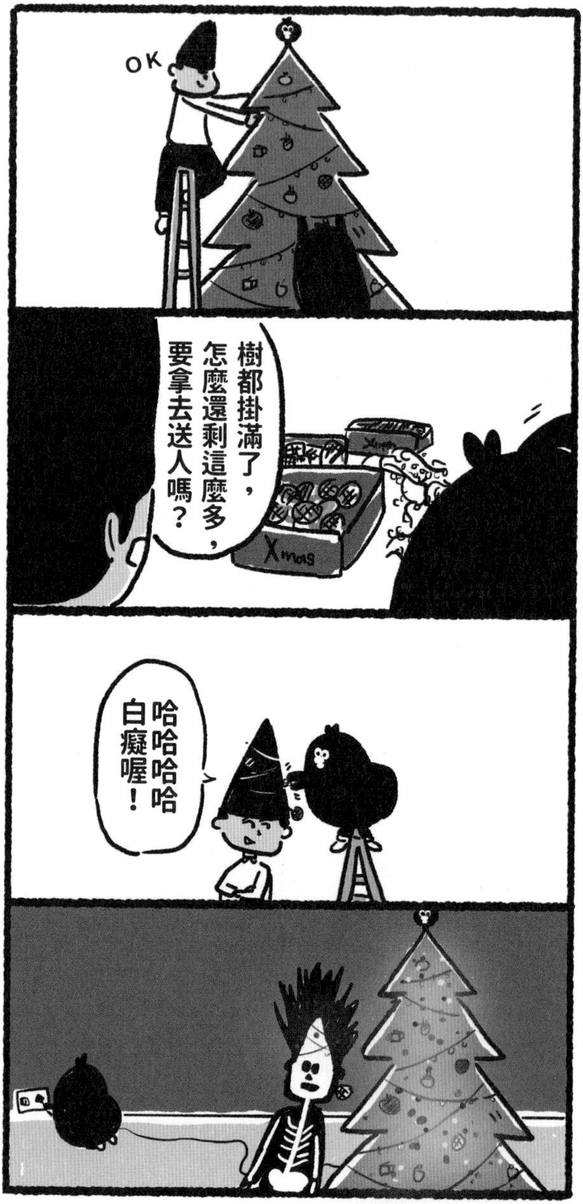
OK
樹都掛滿了，怎麼還剩這麼多，要拿去送人嗎？
Xmas
哈哈哈哈白癡喔！

壓力(一)

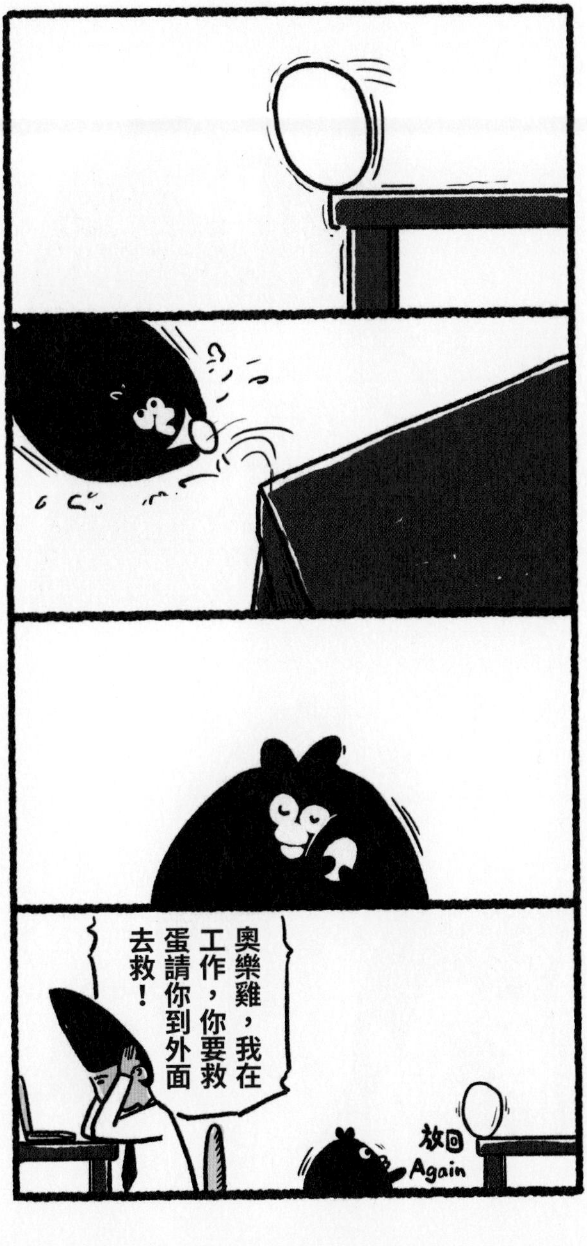
奧樂雞，我在工作，你要救蛋請你到外面去救！
放回
Again

壓力(二)

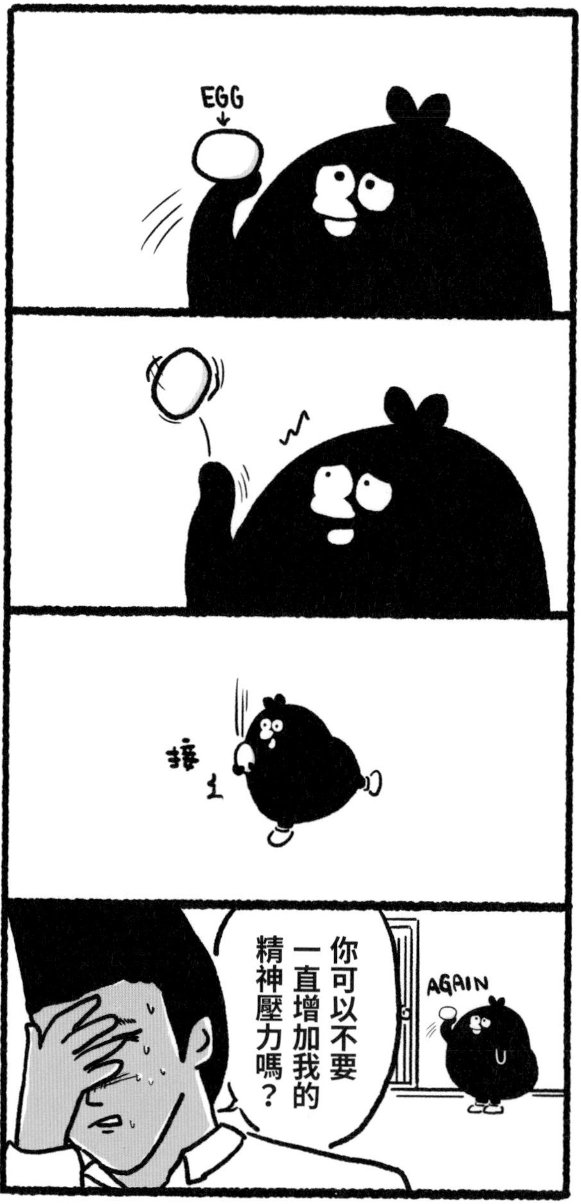
EGG
接
你可以不要一直增加我的精神壓力嗎？
AGAIN

賴皮

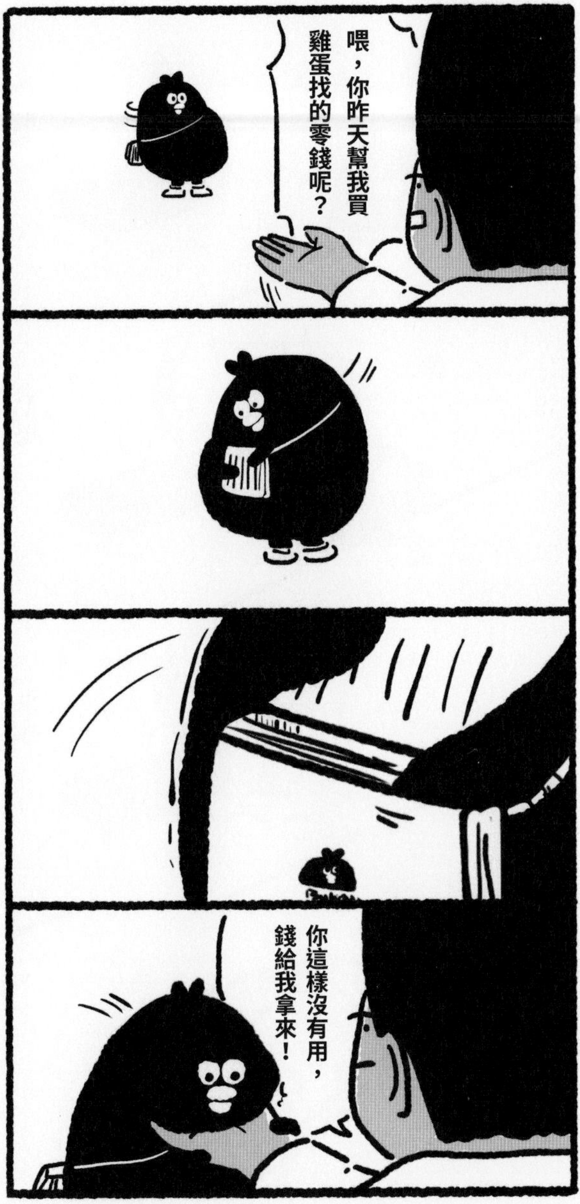
喂，你昨天幫我買雞蛋找的零錢呢？
你這樣沒有用，錢給我拿來！

小手段

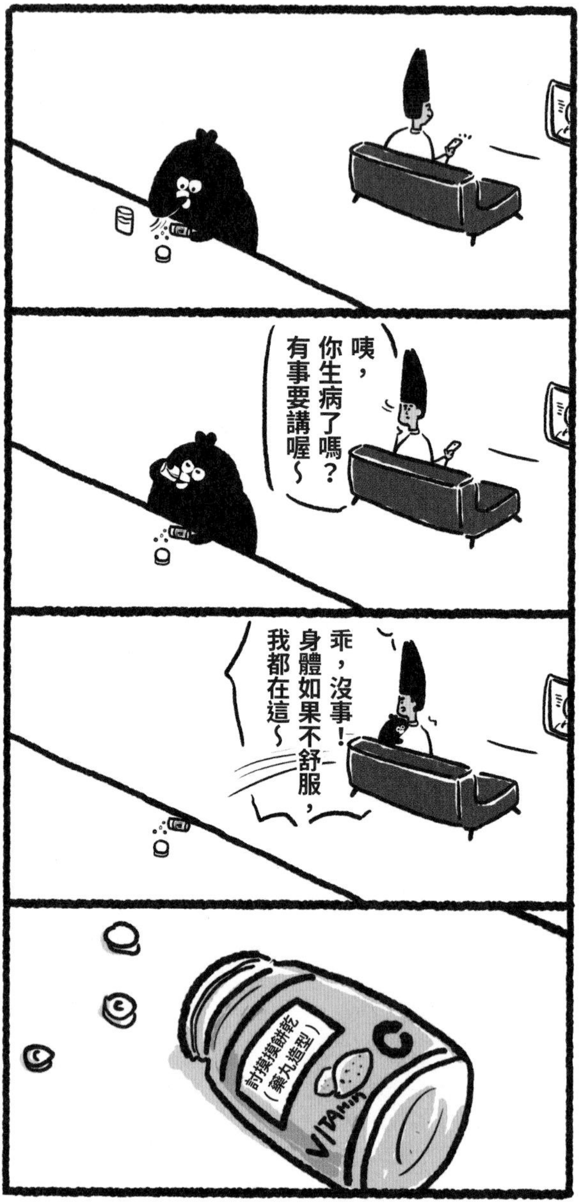
咦，你生病了嗎？有事要講喔～
乖，沒事！身體如果不舒服，我都在這～
討摸摸餅乾（藥丸造型）
VITAMIN
C

腸胃藥

奧樂雞，你幫我
找一下腸胃藥，
我有點不舒服。
謝謝你，我不是雞，
無法吃石頭幫助消化。
悲傷也沒用！
我吃了可能會死！
會死！

大掃除

存錢筒

飼料

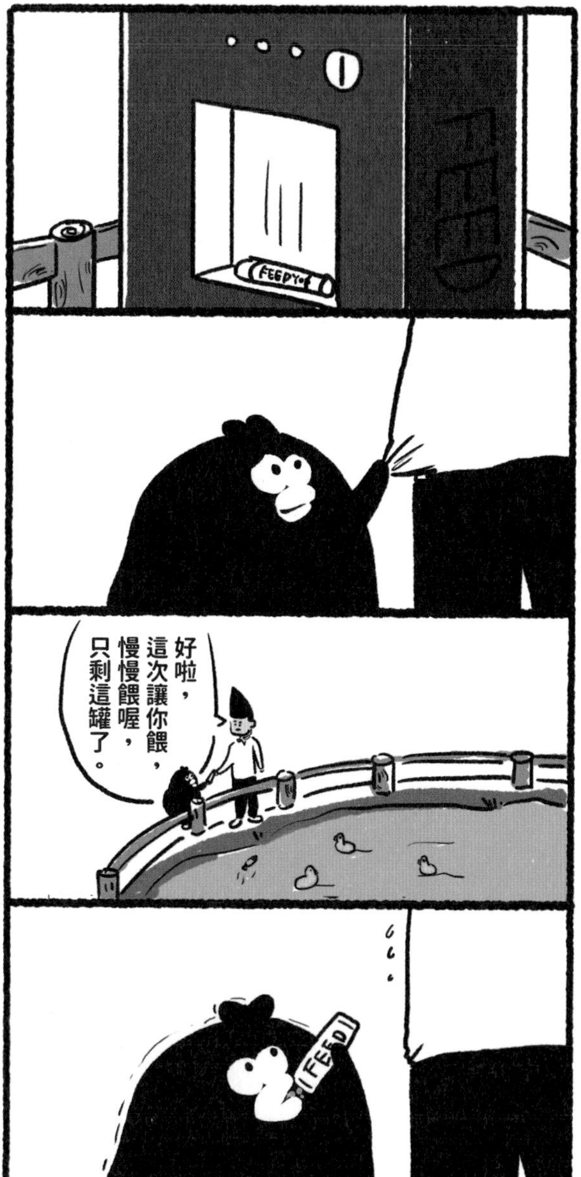
FEED
FEEDY
好啦，這次讓你餵，慢慢餵喔，只剩這罐了。
FEED

協力車

擲杯

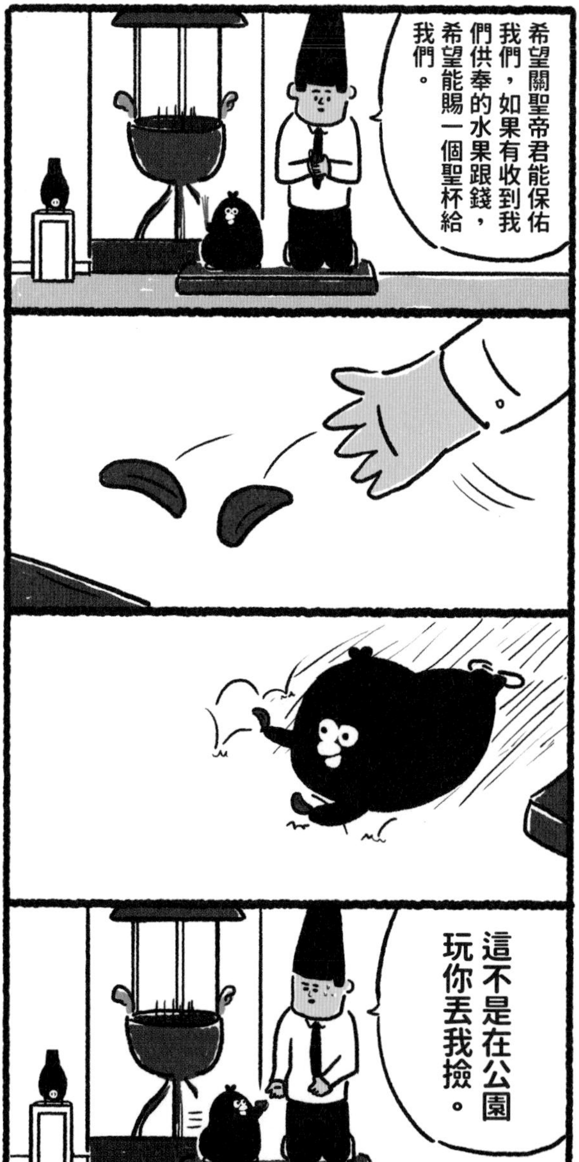
希望關聖帝君能保佑我們，如果有收到我們供奉的水果跟錢，希望能賜一個聖杯給我們。
這不是在公園玩你丟我撿。

量體溫

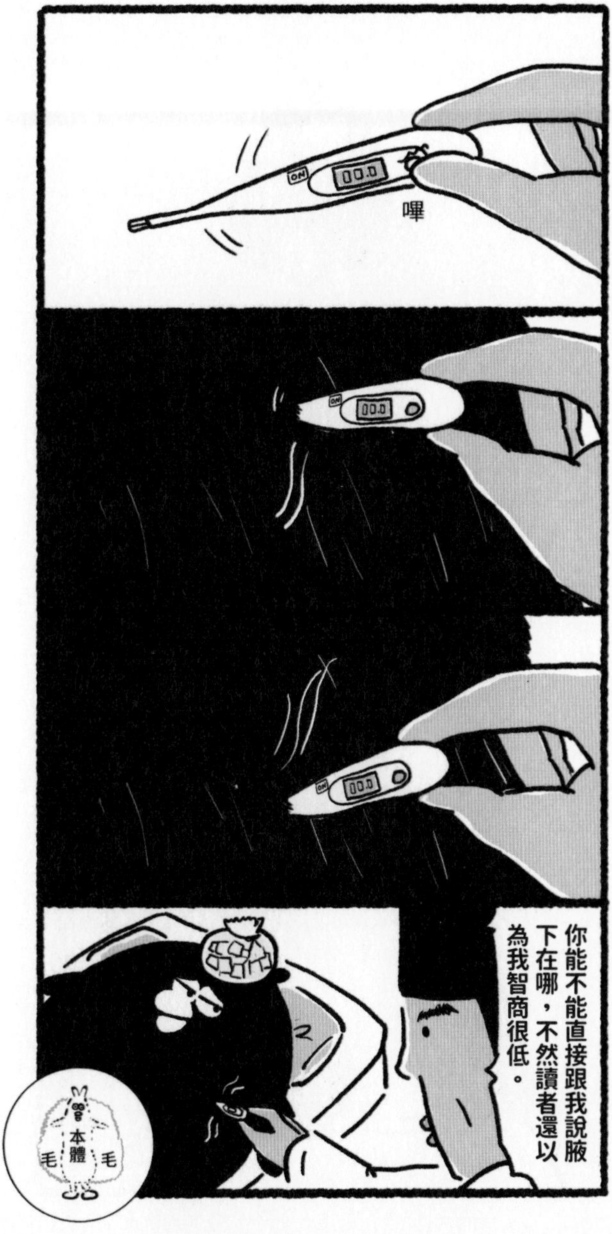
ON
00.0
嗶
你能不能直接跟我說腋下在哪，不然讀者還以為我智商很低。
本體
毛
毛

穿鞋子

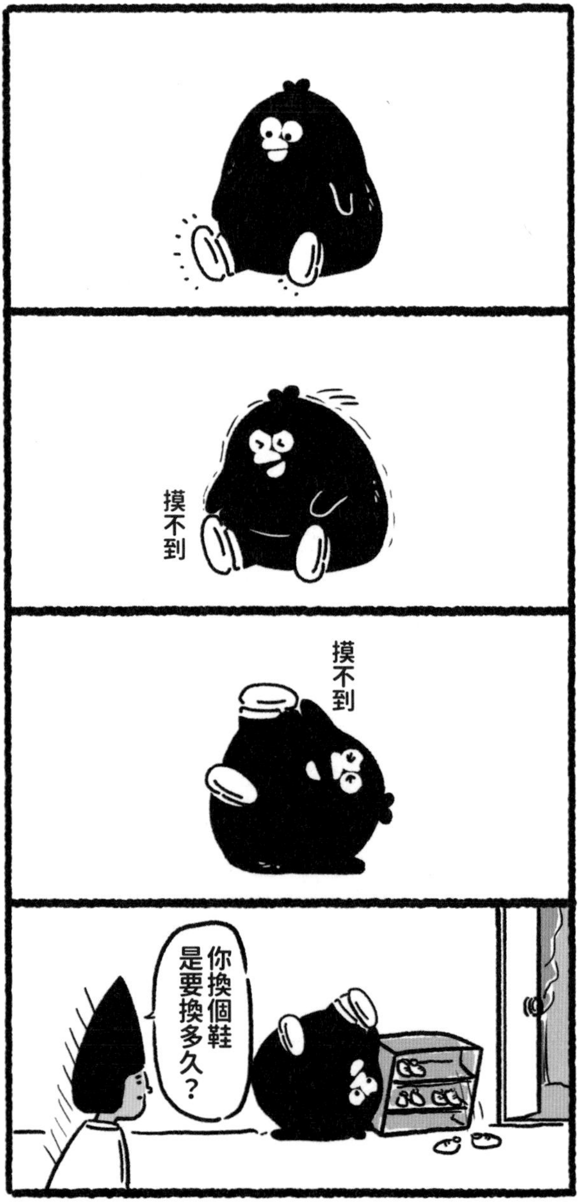
摸不到
摸不到
你換個鞋是要換多久？

耳朵(三)

驚醒

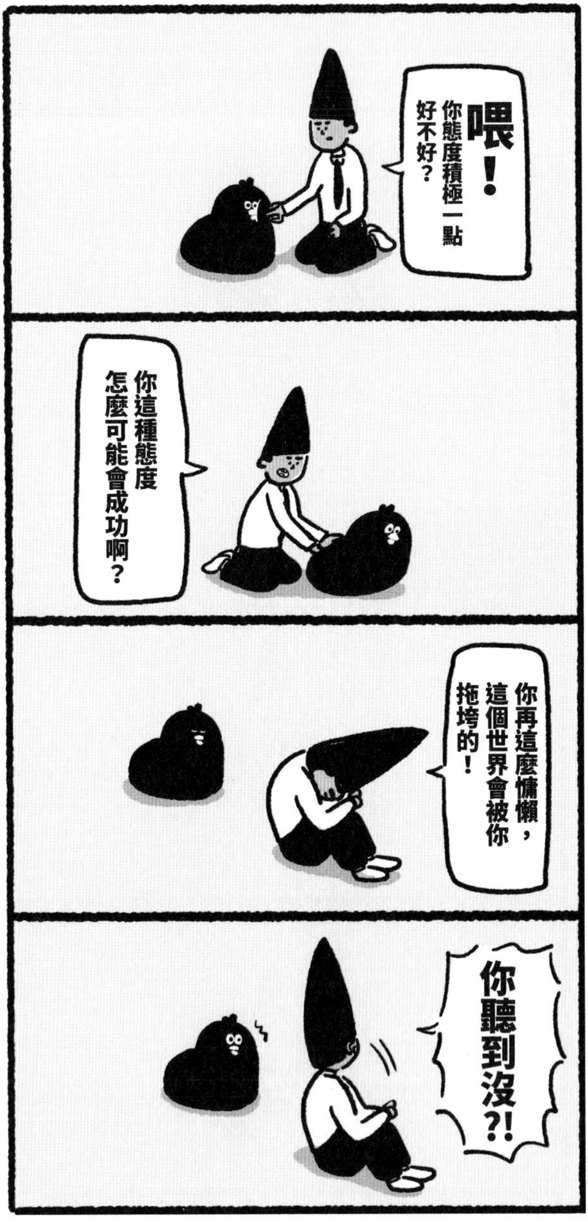
喂！
你態度積極一點
好不好？
你這種態度
怎麼可能會成功啊？
你再這麼慵懶，
這個世界會被你
拖垮的！
你聽到沒?!

很多事情別悶在心裡，
宣洩完就好多了！

香氣

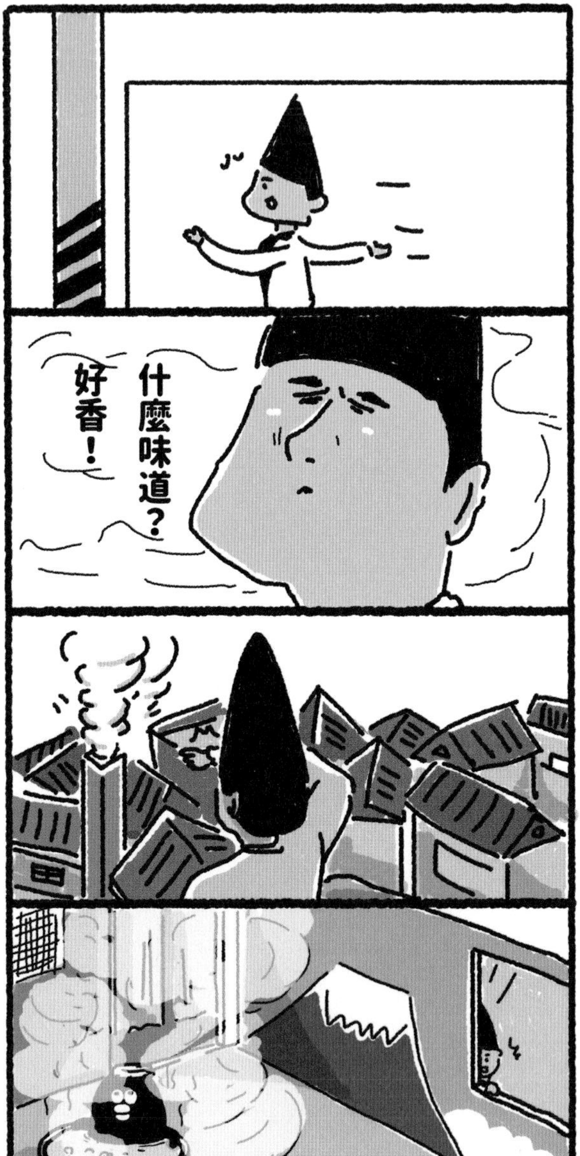

雞湯

放棄

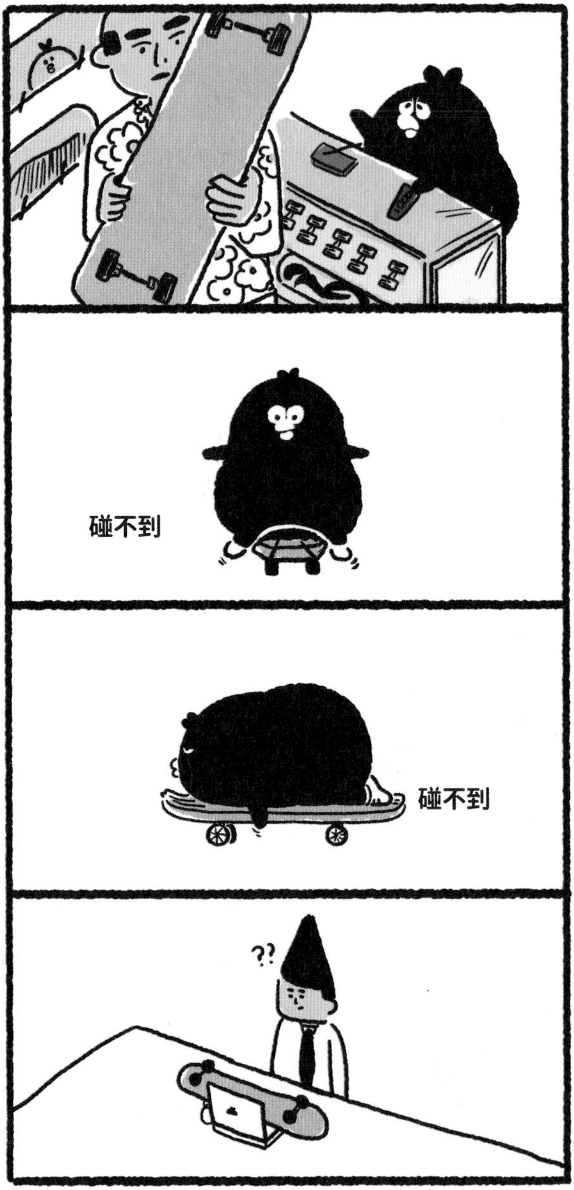

復活節彩蛋

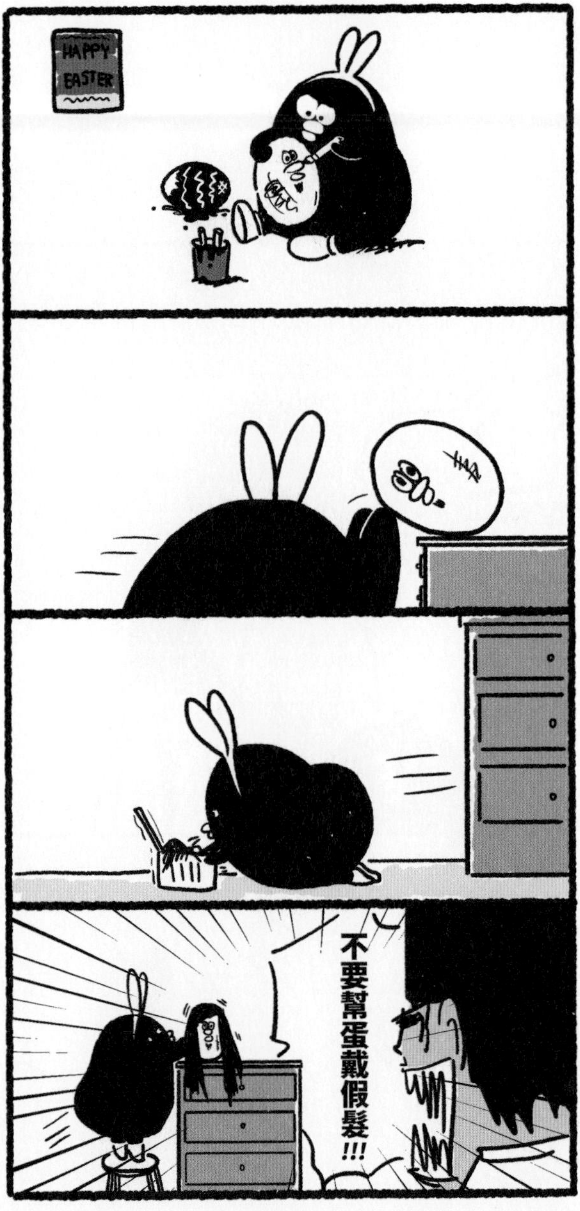
HAPPY EASTER
不要幫蛋戴假髮!!!

挑食

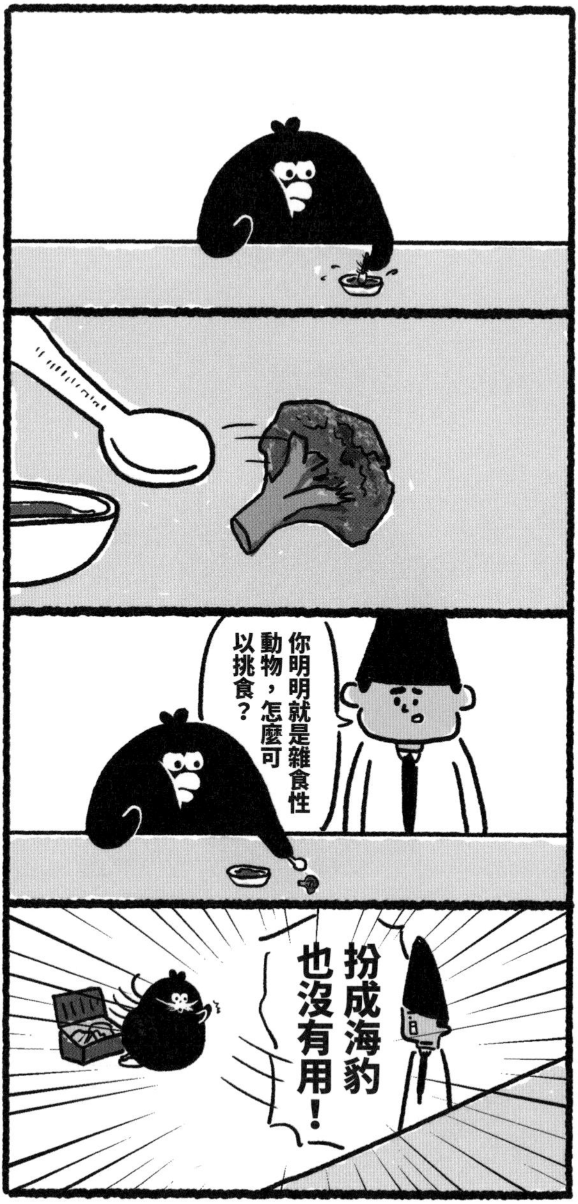
你明明就是雜食性動物，怎麼可以挑食？
扮成海豹也沒有用！

靜電

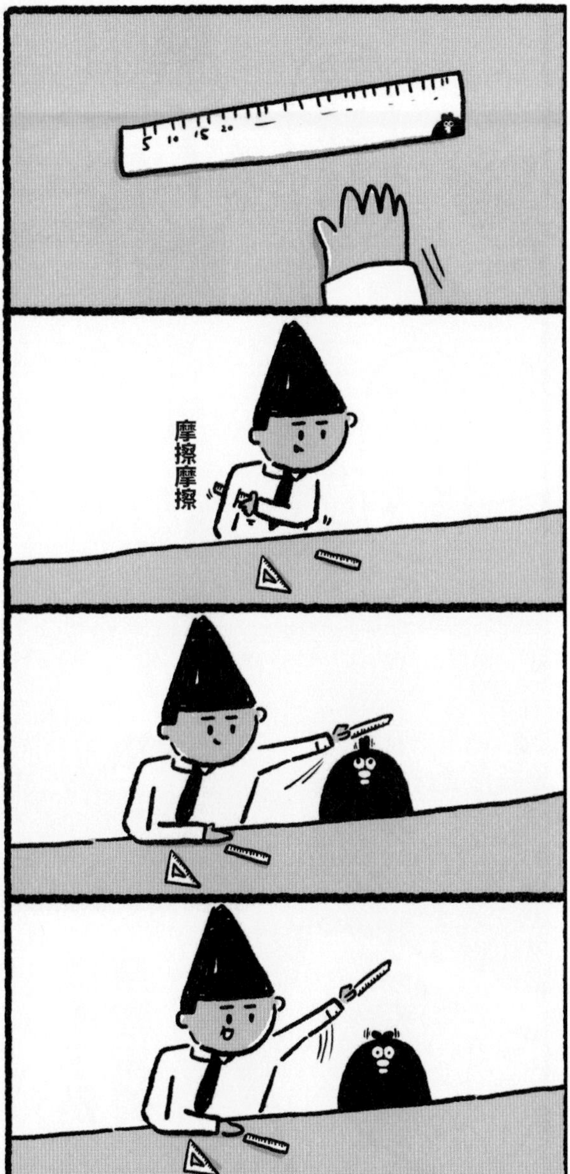

雞捲

奧樂雞我買晚餐了，一起來吃喔！
EGG
是雞捲，看起來很好吃吧？巷口那邊新開的。
雞捲？
雞捲不是用雞做的。

★雞捲：指用豬絞肉、香菇、蔥、筍、胡椒、麵粉做餡，並用網紗油（豬腹腔內的網狀肥肉）包成長條狀油炸的料理。

雞偶裝

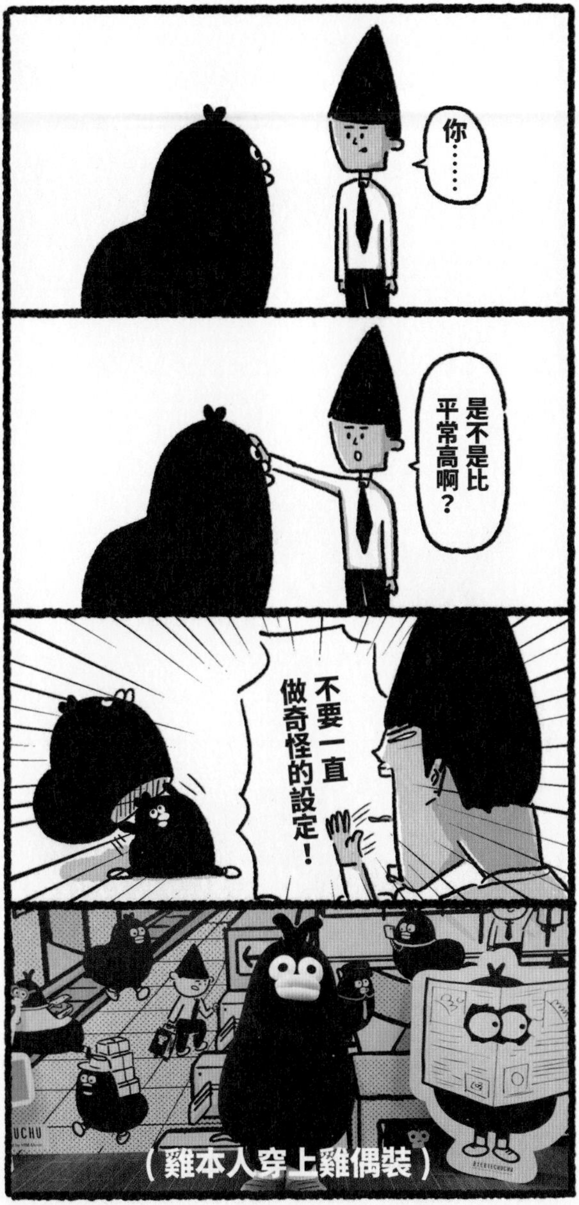
你……
是不是比平常高啊？
不要一直做奇怪的設定！
（雞本人穿上雞偶裝）

壓力(三)

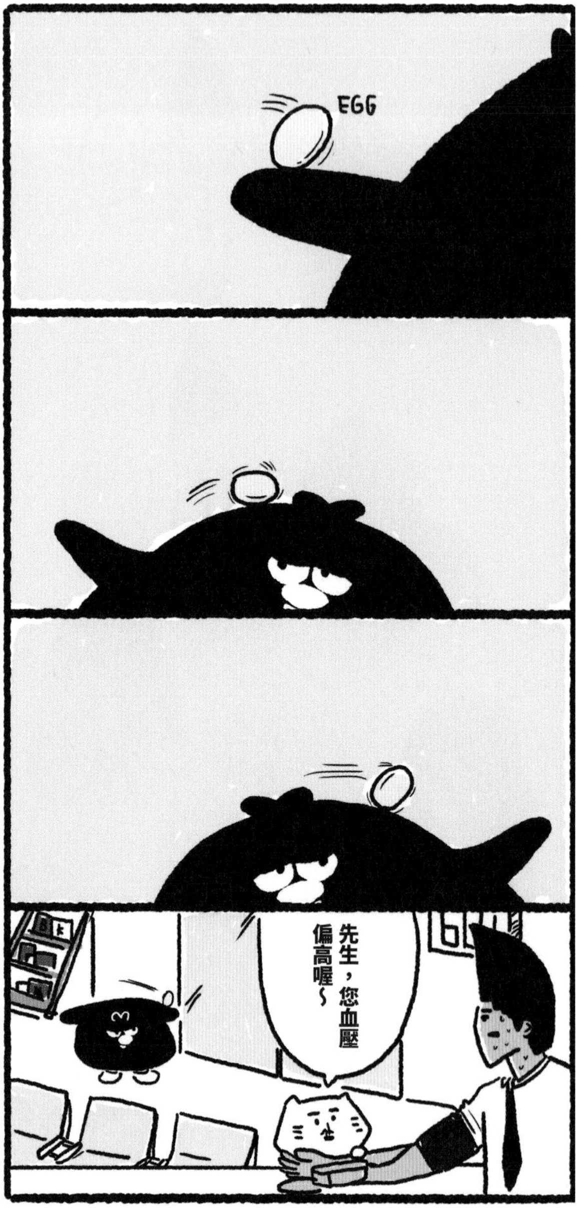

禽流感

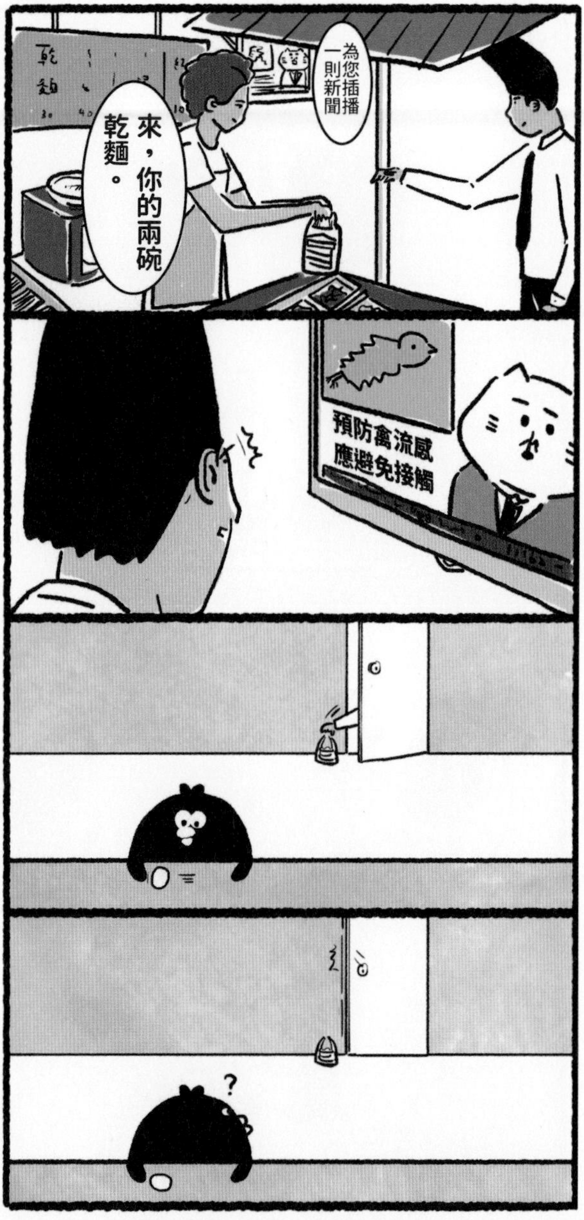

為你插播一則新聞
來，你的兩碗乾麵。
乾麵
預防禽流感
應避免接觸
?

野餐

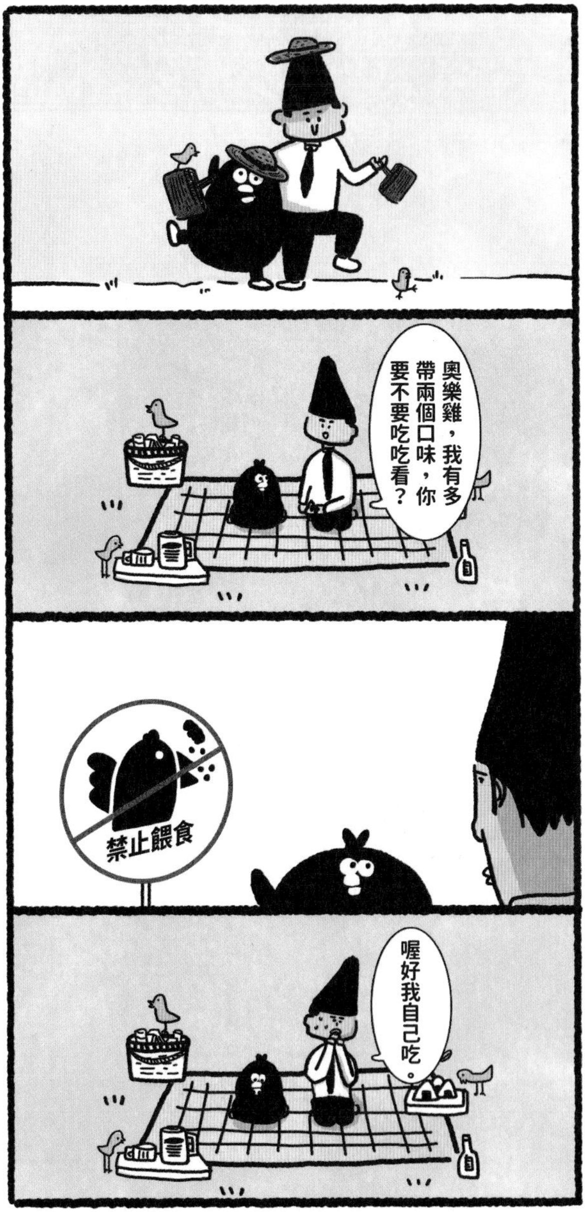

奧樂雞，我有多帶兩個口味，你要不要吃吃看？
禁止餵食
喔好我自己吃。

!!

最近身體機能不錯，
有在運動齁？結實的
部位會比較好吃喔
哈哈哈哈哈
開玩笑的啦！
UP↑
一年前
走啦！
去跑步！
奧樂雞要不要去爬山？
這次聽說很多人喔！

著急

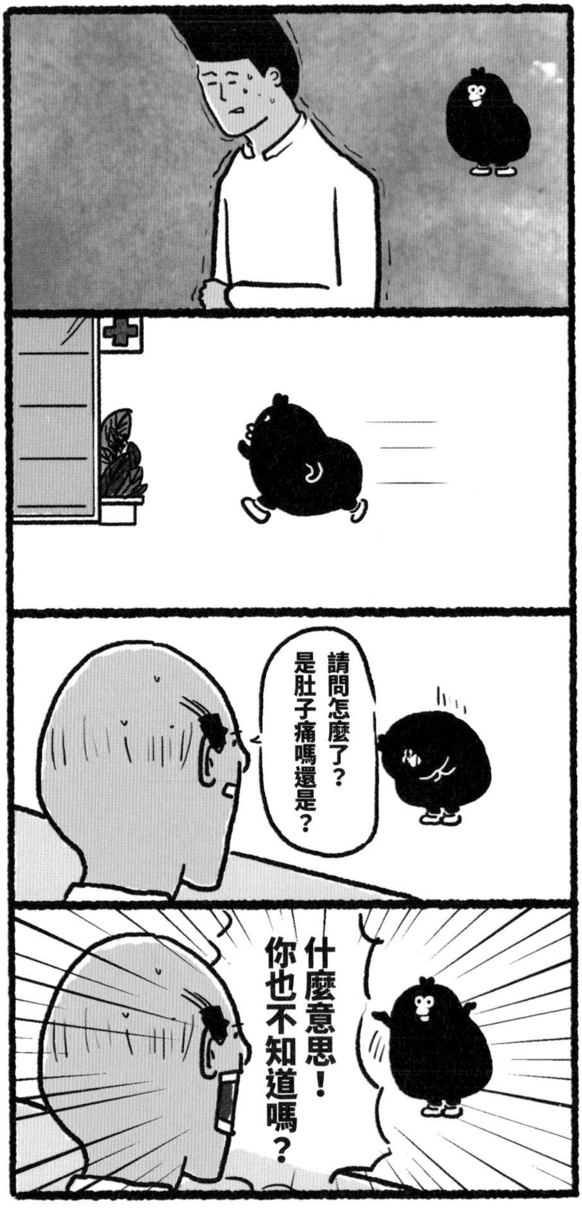

請問怎麼了？是肚子痛嗎還是？
什麼意思！你也不知道嗎？

Fail(七)

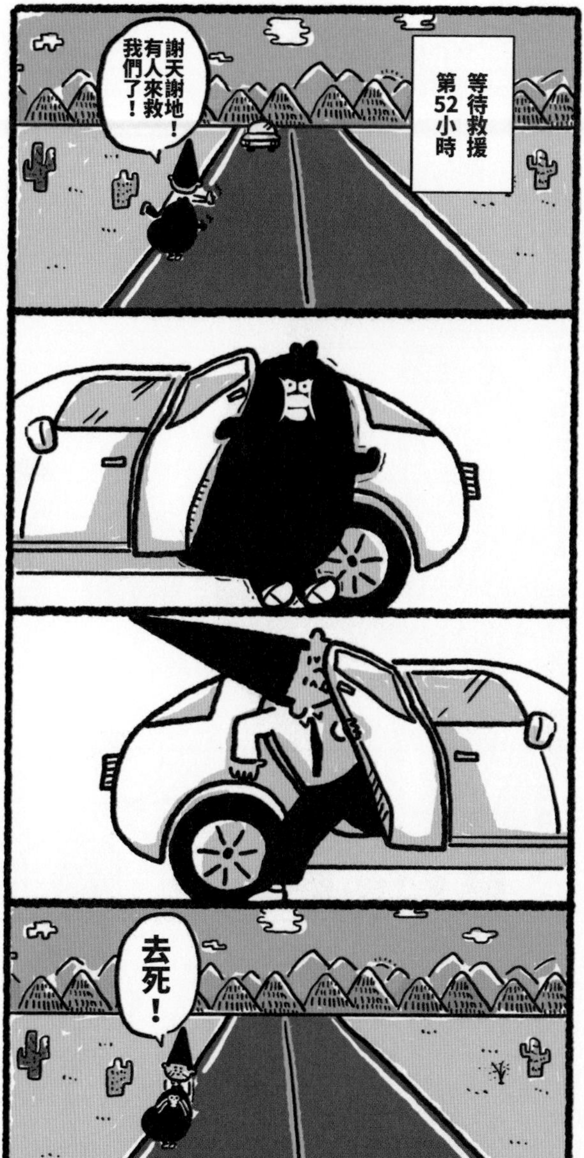
等待救援
第52小時
謝天謝地！
有人來救
我們了！
去死！

Fail（八）

大頭貼

PART 4
當雞友同在一起

捉迷藏

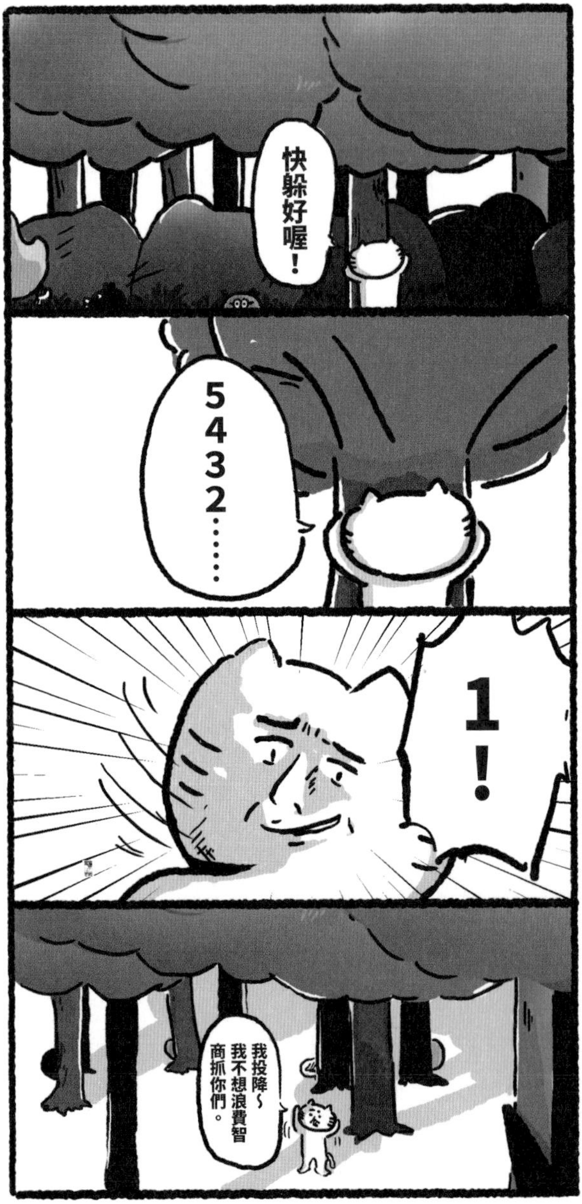
快躲好喔！
5432……
1！
我投降～我不想浪費智商抓你們。

溜滑梯

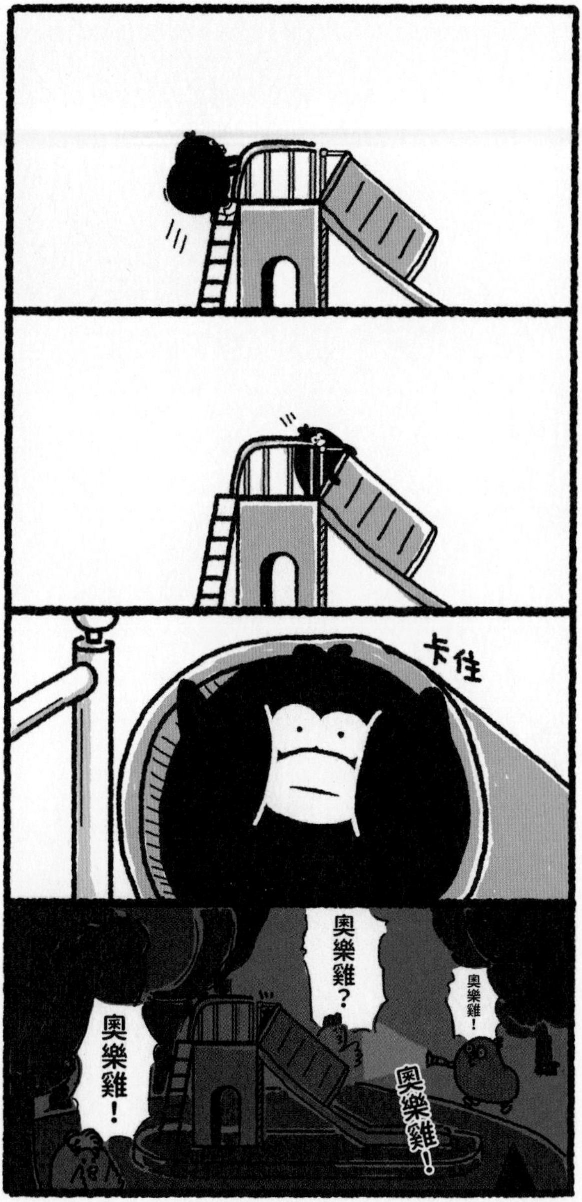
卡住
奧樂雞？
奧樂雞！
奧樂雞！
奧樂雞！

偵探遊戲(二)

SPY

搗麻糬

快！雞娜，把麻糬放進桶子裡。
你們槌子先拿開！我這樣手被你們槌到，會受傷啦！
妳不懂！麻糬就是要馬上槌它才會好吃！
就這樣～雞友們又度過和平安全的一天。
快放！
我不敢啦

損友

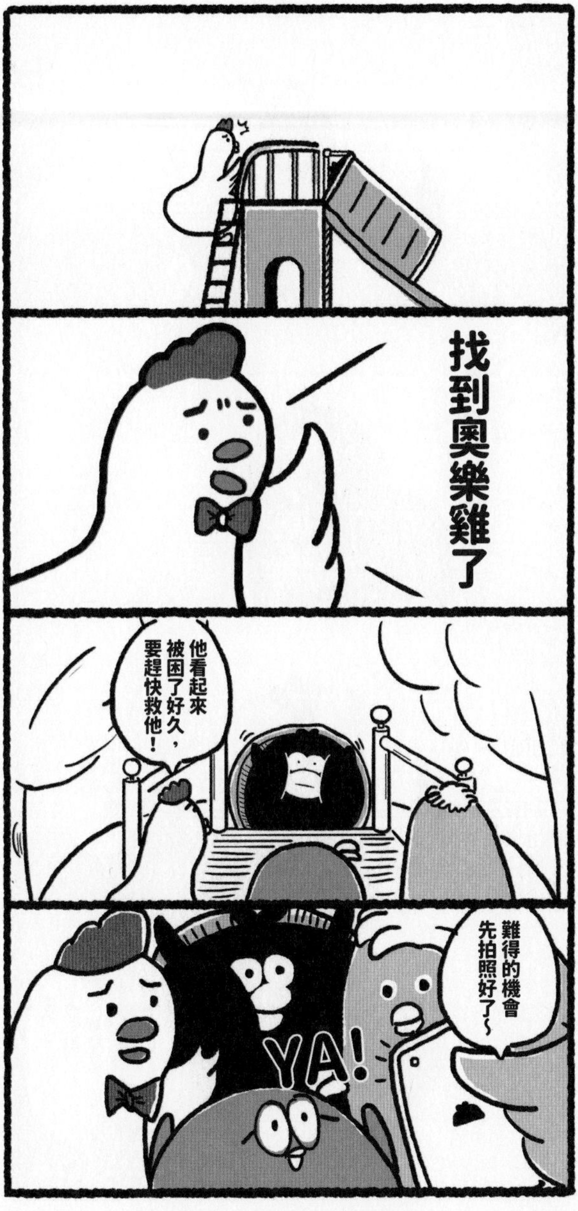
找到奧樂雞了
他看起來被困了好久，要趕快救他！
難得的機會先拍照好了～
YA!

街頭藝雞(二)

MAGIC
你猜會變出什麼？
狗嗎？還是會有鳥出現？
應該是兔子吧
還是青蛙啊？
居然又是空的！還是猜錯了，可惡！
奧樂雞真的好厲害，猜不透！

荷包蛋聯盟(一)

那我們
荷包蛋聯盟
雞友結拜
儀式開始！
我們雖然無法
同年同月同日生，
但願能同年同月同日死。
是會被一起做成
烤雞嗎？

荷包蛋聯盟(二)

結拜儀式再來要放血到這個碗裡喝下。
要刺手?!我很怕痛,可以不要嗎?
還是要從脖子放血?我看菜市場阿姨都這樣做。

遊戲規則

憑你一隻雞，守得住我嗎？
如果你以為籃球是個人遊戲，那你就大錯特錯了！
哼！
奧樂雞你守好我們跟在你後頭！
呼呼～
好恐怖
我再講最後一次，這是籃球，不是老鷹抓小雞，而且憨雞你是我的隊友，請你待在我旁邊！

笨蛋

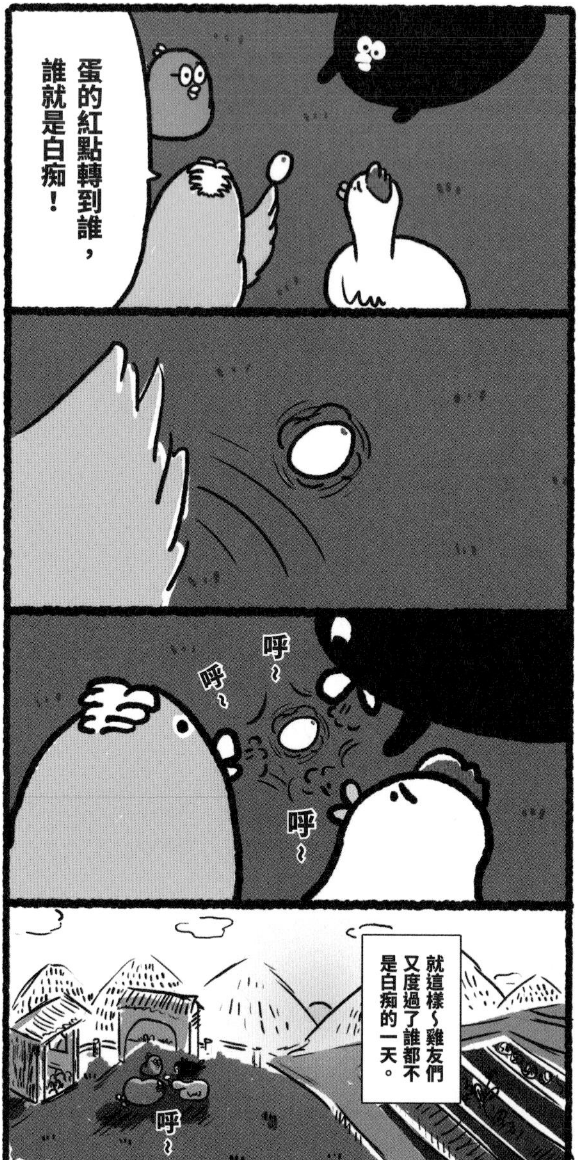
蛋的紅點轉到誰，誰就是白痴！
呼～
呼～
呼～
呼～
就這樣～雞友們又度過了誰都不是白痴的一天。

一舉兩得

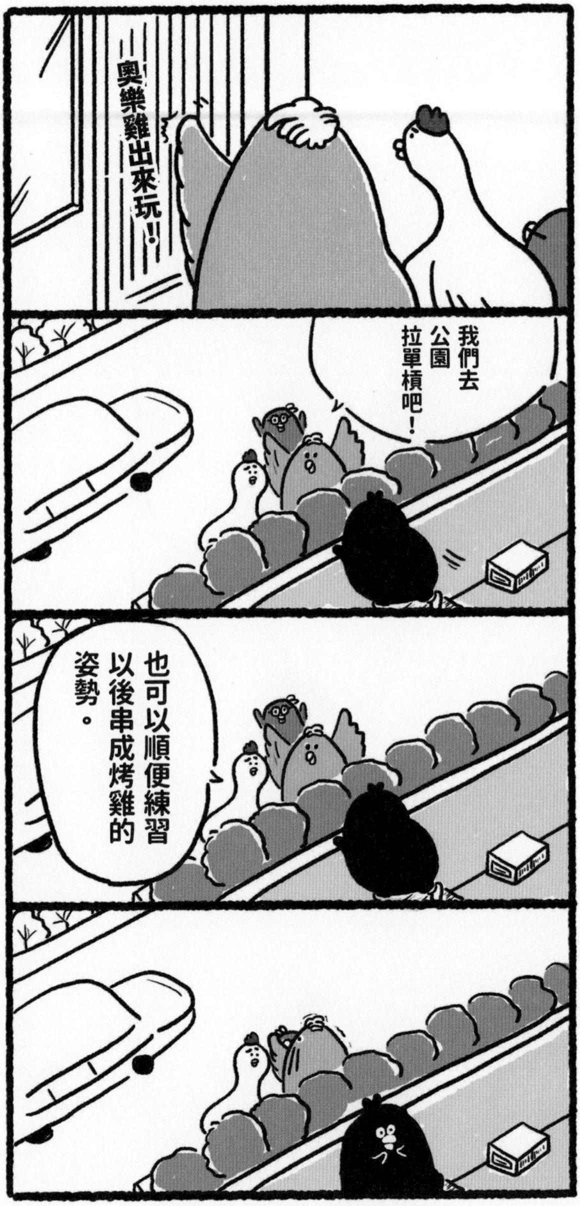
奧樂雞出來玩！
我們去公園拉單槓吧！
也可以順便練習以後串成烤雞的姿勢。

對不起

咕咕咕咕咕

咕咕咕咕咕咕咕咕
咕咕咕咕咕咕咕咕
咕咕咕咕咕咕咕咕
雞娜，這段咕咕咕可以跟我解釋一下，在雞語中是什麼意思嗎？
咕咕咕咕咕咕咕咕
咕咕咕咕咕咕咕咕
喔那段只是單純咕咕咕的前奏發音，沒任何意思。
曾經相愛過
也互相討厭過

話劇表演

我們下週要準備社區的話劇表演，我打算演《灰姑娘》這個故事，現在來分配角色吧！
我演灰姑娘，王子當然就奧樂雞演，憨雞你演南瓜。
啾雞你呢？我還沒有想法。
我可以演菜市場的雞肉攤阿姨嗎？
好，啾雞～你一樣演南瓜。

荷包蛋聯盟出動！

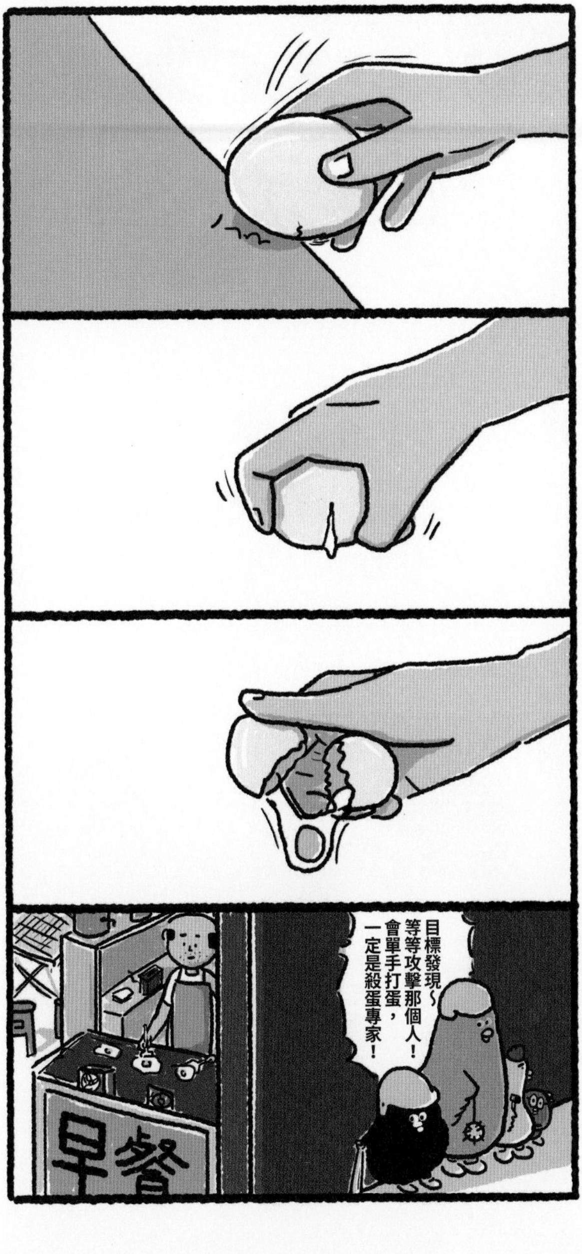
目標發現～
等等攻擊那個人！
會單手打蛋，
一定是殺蛋專家！
早餐

你丟我撿(一)

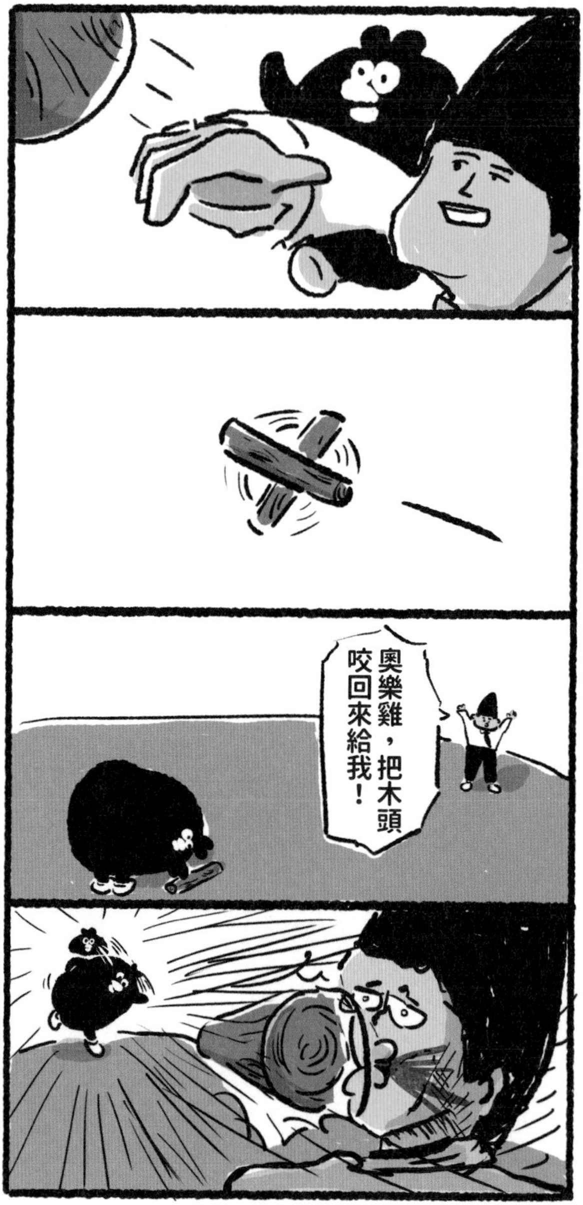
奧樂雞，把木頭咬回來給我！

你丟我撿（二）

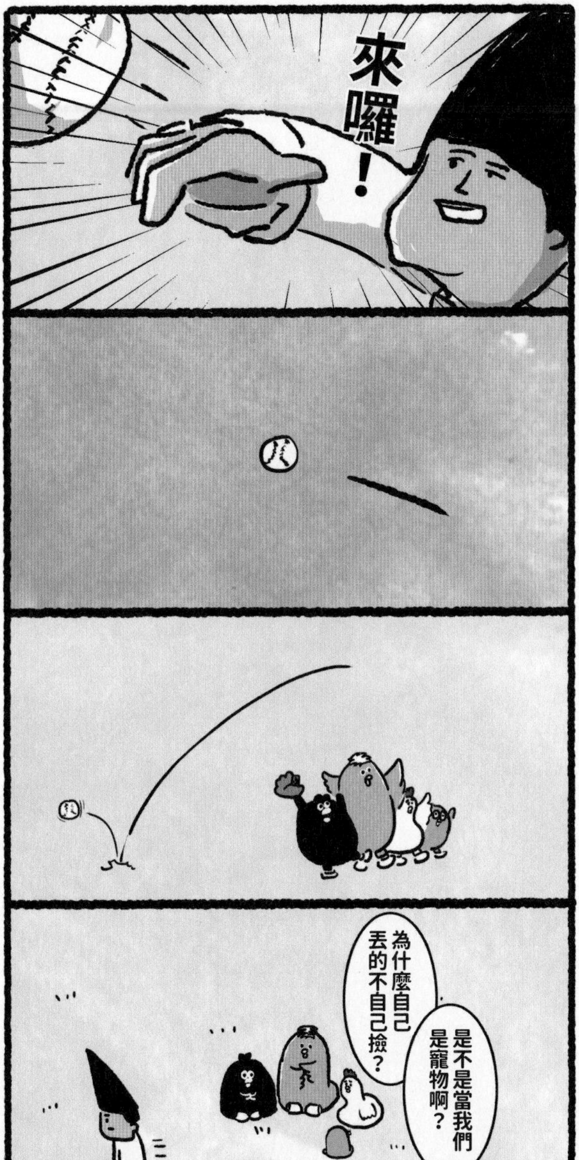
來囉！
為什麼自己丟的不自己撿？
是不是當我們是寵物啊？

放天燈

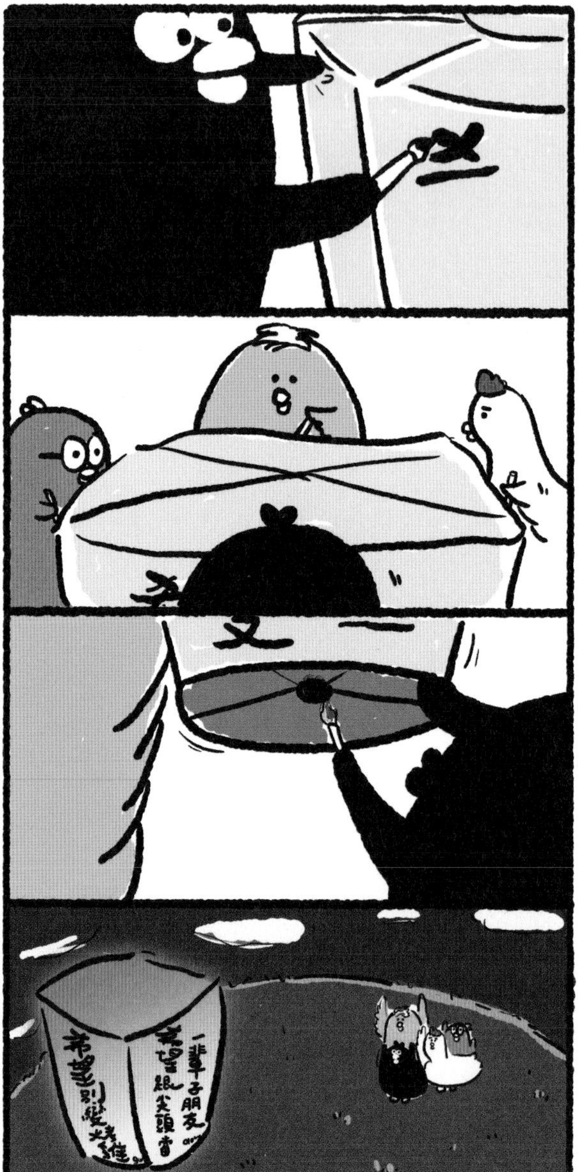

如果有一天，
大家都知道我是一隻雞，

是不是就不用這麼辛苦的找尋自我？

但其實我就是一隻雞，
真是不懂這趟自我認同的旅程，
到底要找什麼？

後記

十分感謝每位看完這本書的讀者！
轉眼間，掰掰啾啾從開始創作至今，已經第十年了（笑）
很幸運的，也一直持續被關注著。
尤其女孩觀眾逐漸多於男性（愉悅）

奧樂雞是我大概在八年前當兵時畫出來的奇怪生物，
名字起源於一位好友的公司名稱「Ology」，
字義是任何事物都能以學科字尾（-logy）的精神去深入探討，
例如：biology、psychology。

當初玩笑性質的畫出角色，並用中文發音直譯取名為奧樂雞，
想免費提供朋友當作公司肖像（被拒絕了）
奧樂雞初始外型就這麼誕生。
當時連他是不是一隻雞，其實自己也不太確定，
（說不定設定為「脊椎」的奧樂脊，角色會更紅？）

初版奧樂雞

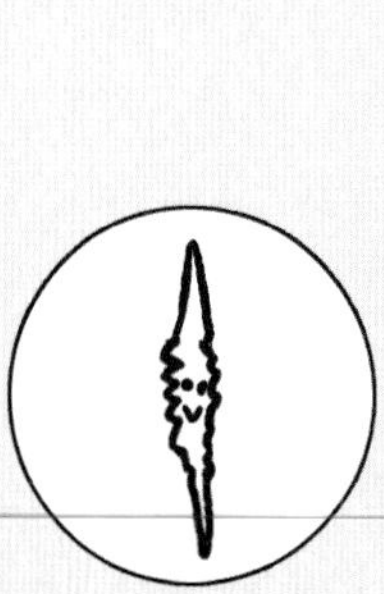
奧樂脊

從在網路隨意曝光的第一天，就被大量質疑這到底是何種生物？
一開始為了維持設定，只好無奈的回應「他是雞」，
（廢話！難道奧樂「雞」會是柴犬？那名字也太怪了吧！）
雖然後來質疑依舊存在，卻慢慢出現幫忙解釋的讀者，
對我來說，有點像是一個尋找著自我的生物被肯定，
大家居然開始呵護奧樂雞了！

這與掰啾偏哏式創作的讀者回饋相比，感受很不相同。
所以決定創造出專屬奧樂雞的世界觀，
除了回應讀者的喜愛，也讓大家更了解可愛的他。

奧樂雞是隻調皮但努力生活的黑雞！
整個雞生中都會持續尋找自我，並以保護雞蛋為己任！
最後，感謝每一位喜歡奧樂雞的你們。

奧樂雞是一隻雞／掰掰啾啾 著 . -- 初版 . – 臺北市：時報文化， 2018.9；面 ；14.8 ╳ 19 公分 . -- （Fun：049）

ISBN 978-957-13-7512-0(平裝)

855 107013188

Fun 049

奧樂雞是一隻雞

作者 掰掰啾啾｜圖像經紀 華研國際音樂股份有限公司｜主編 陳信宏 ｜ 編輯 尹蘊雯｜ 執行企畫 曾俊凱｜ 美術協力 FE 設計｜ 編輯顧問 李采洪 ｜ 發行人 趙政岷 ｜ 出版者 時報文化出版企業股份有限公司 10803 台北市和平西路三段 240 號 3 樓 發行專線—(02)2306-6842 讀者服務專線—0800-231-705．(02)2304-7103 讀者服務傳真—(02)2304-6858 郵撥—19344724 時報文化出版公司 信箱—台北郵政 79-99 信箱 時報悅讀網—www.readingtimes.com.tw 電子郵件信箱—newlife@readingtimes.com.tw 時報出版愛讀者—www.facebook.com/readingtimes.2 ｜ 法律顧問 理律法律事務所 陳長文律師、李念祖律師 ｜印刷 詠豐印刷有限公司 ｜ 初版一刷 2018 年 9 月 21 日 ｜ 定價 新台幣 300 元 ｜（缺頁或破損的書，請寄回更換）

時報文化出版公司成立於一九七五年，一九九九年股票上櫃公開發行，二〇〇八年脫離中時集團非屬旺中，以「尊重智慧與創意的文化事業」為信念。

CHICKEN FRIENDS